W0409788

COLLECTION FOLIO

Sylvia Plath

Dimanche chez les Minton

et autres nouvelles

Traduit de l'anglais (États-Unis)
par Catherine Nicolas
Traduction révisée par Audrey van de Sandt

Gallimard

Ces nouvelles sont extraites du recueil *Œuvres* (collection Quarto, Éditions Gallimard)

© *Éditions de La Table Ronde, Paris, 1990, pour la traduction française.*
© *Éditions Gallimard, 2011, pour la révision de traduction.*
© *Éditions Gallimard, 2013, pour la présente édition.*

Sylvia Plath est née dans le Massachusetts en 1932. Dès le lycée, elle publie des poèmes dans la presse. À l'université, elle se livre, dans la rédaction de son *Journal*, qu'elle poursuivra durant toute sa vie, à une description des événements de son existence et raconte la construction de sa personnalité et sa naissance en tant qu'auteur. Elle s'interroge notamment sur le conformisme de son époque à l'égard des jeunes filles, sur la possibilité de concilier la vie d'écrivain à laquelle elle aspire avec mariage et maternité. Dans ce *Journal*, elle raconte aussi, dès 1953, l'histoire de la dépression dont elle va souffrir tout le reste de son existence : son accession à la notoriété littéraire va coïncider avec une série de drames — tentatives de suicide, internements psychiatriques. Elle épouse en 1956 le poète anglais Ted Hughes, avec lequel elle aura deux enfants, et dont elle se sépare en 1962. Sous l'influence de son mari, elle libère sa poésie du carcan formel dans lequel elle l'enfermait jusque-là. En 1960 paraît son premier recueil de poésie, *Le colosse*, bien accueilli par la critique. À peine a-t-elle publié son seul roman, *La cloche de détresse*, qu'elle se donne la mort en 1963. Son second recueil de poésie, *Ariel*, paru deux ans plus tard dans une édition élaborée par Ted Hughes, connaît un succès immédiat et reste l'un des livres de poésie du XXe siècle les plus lus.

Si elle est surtout connue pour sa poésie, Sylvia Plath

est également l'auteur de dizaines de nouvelles, irriguées par les grands thèmes de son œuvre : l'expérience du mariage, et plus largement les relations entre les hommes et les femmes (*Le cinquante-neuvième ours, La boîte à souhaits, Dimanche chez les Minton*), la conscience de la mort, la fascination pour le temps de l'enfance. Elle y brosse une initiation à la douloureuse inanité et fausseté des comportements sociaux (*Le jour où Mr Prescott est mort, Superman et la nouvelle tenue de Paula Brown*).

Lisez ou relisez les livres de Sylvia Plath parus aux Éditions Gallimard :

LA CLOCHE DE DÉTRESSE (L'Imaginaire n° 192)

ARBRES D'HIVER *précédé de* LA TRAVERSÉE (Poésie/Gallimard n° 339)

ARIEL (Poésie/Gallimard n° 467)

Le cinquante-neuvième ours

À l'heure où ils arrivèrent en suivant dans la brochure la carte de la Grande Boucle, une brume épaisse enveloppait les mares couleur arc-en-ciel ; le parking et les trottoirs en planches étaient vides. À part le soleil sur les collines violettes, et l'image du soleil, rouge comme une tomate naine nichée dans l'unique petit espace d'eau visible, il n'y avait rien à voir. Pourtant, exécutant un rituel de repentir et de pardon, ils franchirent le pont qui enjambait la rivière bouillonnante. De chaque côté, devant et derrière, des colonnes de vapeur champignonnaient au-dessus de la surface des mares. L'un après l'autre, les voiles de blancheur s'effilochaient en travers du chemin, gommant au petit bonheur des morceaux du ciel et des collines lointaines. Ils avançaient lentement, enfermés dans une atmosphère tout à la fois intime et insupportable, l'air sulfureux chaud et humide sur leurs visages, leurs mains et leurs bras nus.

Pour l'heure, Norton traînassait, laissant sa femme aller en éclaireur. Sa silhouette gracile et vulnérable s'atténuait et vacillait alors qu'entre eux la brume se faisait plus épaisse. Elle se retirait dans une tourmente de neige, dans une chute d'eau blanche ; elle était nulle part. Que n'avaient-ils pas vu ? Les enfants accroupis sur des pots de peinture faisant cuire les œufs de leur petit déjeuner dans des tamis rouillés ; des sous de cuivre scintillant dans l'abondance d'eau saphir ; les sources impétueuses qui giclaient ici et là dans un paysage lunaire désolé, ocre et nacré. Sans se départir de sa délicatesse naturelle, elle avait insisté pour l'immense canyon moutarde où, à mi-hauteur, les faucons et leurs ombres tournoyaient et planaient comme des perles noires sur des fils ténus. Elle avait insisté pour la Bouche du Dragon, ce débordement rauque et mugissant d'eau empâtée de boue ; et le Chaudron du Diable. Il avait cru que son estomac fragile la détournerait de la masse noire et pâteuse qui grouillait et bondissait à quelques mètres de son nez, mais elle se pencha au-dessus de la fosse avec la ferveur d'une prêtresse au beau milieu de ces infectes exhalations. Et, au bout du compte, ce fut Norton, tête nue en plein soleil de midi, louchant sous l'effet de la lumière d'une blancheur de sel et inhalant les vapeurs d'œufs pourris, qui défaillit, terrassé par la migraine. Il sentit sous ses pieds le sol fragile comme le crâne d'un oiseau, simple coquille de bon sens et de bienséance entre lui et les ténébreuses entrailles de la terre où les boues paresseuses et les eaux bouillantes trouvaient leur source.

Pour couronner le tout, ils s'étaient fait voler leur gourde ; quelqu'un la leur avait tout simplement chipée sur le pare-chocs avant de la voiture pendant qu'ils se faisaient bousculer par les foules de midi sur le trottoir. Ça pouvait être n'importe qui : l'homme à l'appareil photo, ce gosse, cette Noire en robe rose à fleurs. La culpabilité se diffusait à travers la foule comme une goutte de teinture vermillon dans une coupe d'eau pure ; tous en étaient souillés. Que leur visage fût franc, abruti ou matois, ils étaient tous des voleurs. Le dégoût nouait la gorge de Norton. Sitôt monté dans la voiture, il s'affaissa, ferma les yeux et laissa Sadie conduire. Un air plus vif lui rafraîchissait les tempes. Il avait l'impression que ses mains et ses pieds s'élevaient, s'allongeaient, pâles et gonflés sous l'effet d'une levure de songes. Telle une gigantesque étoile de mer lumineuse, il dérivait, aux confins du sommeil, sa conscience tapie quelque part par là, ténébreuse et secrète comme une noix.

— Cinquante-six, dit Sadie.

Norton ouvrit ses yeux qui le piquaient et pleuraient comme si on les avait frottés avec du sable pendant qu'il somnolait. C'était un bel ours, à fourrure noire et compacte, qui longeait résolument la lisière de la forêt. À gauche et à droite, les grands troncs tachetés des pins s'élançaient vers le ciel pour étaler, très haut, leur sombre chaume d'aiguilles. Bien que le soleil fût encore dans le ciel, seuls quelques rares rayons de lumière perçaient la masse fraîche et bleu-noir des arbres.

C'est par jeu qu'ils s'étaient mis à compter les ours dès leur premier jour dans le parc et, cinq jours plus tard, ils continuaient encore, longtemps après avoir cessé de dresser la liste des plaques minéralogiques des différents États, et de noter lorsque le compteur marquait quatre, cinq ou six chiffres identiques d'affilée. Peut-être était-ce le pari qui les faisait continuer.

Sadie avait parié dix dollars qu'ils auraient vu cinquante-neuf ours à la fin de leur séjour. Norton s'était fixé étourdiment sur soixante et onze. Il espérait secrètement que Sadie gagnerait. Elle prenait les jeux au sérieux, comme une enfant. Perdre la blessait, elle était si confiante ; et par-dessus tout, elle croyait en sa bonne étoile. Cinquante-neuf était pour Sadie symbole de plénitude. Avec Sadie, il n'y avait jamais des « centaines de moustiques », ou des « millions », ni même « une grande quantité », mais toujours cinquante-neuf. Cinquante-neuf ours, prédit-elle avec désinvolture, sans se poser davantage de questions. Maintenant qu'ils étaient si proches de ce total — après avoir compté les grands-pères et les mamans ours, les oursons, les ours couleur de miel et les ours noirs, les ours bruns et les ours cannelle, les ours à moitié enfouis dans les poubelles et les ours qui quémandaient sur le bord de la route, les ours nageant dans la rivière ou les ours qui furetaient autour des tentes ou des remorques à l'heure du souper — ils pouvaient bien aller jusqu'à cinquante-neuf ours. Ils quittaient le parc le lendemain.

Loin des trottoirs de planches, des boniments des gardes forestiers et des merveilles populaires, Norton revivait un peu. Retirée jusqu'à l'extrême limite de la conscience, sa migraine tournoyait et planait là comme un oiseau frustré. Enfant, Norton avait mis au point une méthode bien à lui de prière intense — adressée non pas à quelque image de Dieu, mais à ce qu'il se plaisait à considérer comme le génie d'un lieu, l'esprit protecteur d'un bosquet de frênes, ou d'un rivage. Sous une apparence ou sous une autre, c'est un miracle privé qu'il implorait dans ses prières : il s'arrangeait pour que lui fût accordée la grâce de voir une biche ou de découvrir un gros bloc de quartz poli par les eaux. Sa volonté coïncidait-elle purement et simplement avec les circonstances ou forçait-elle réellement pareil tribut, il ne pouvait en décider. En tout cas, il avait un certain pouvoir. À présent, bercé par le ronronnement du moteur, faisant semblant de dormir, Norton se mit à prier pour que viennent à lui tous les animaux de la forêt — les antilopes couleur de brume avec leurs raies délicates, le bison lourd et ébouriffé, les renards roux et les ours. En son for intérieur, il les voyait s'arrêter, déroutés, comme par quelque présence étrangère, dans leurs bosquets épais et leurs retraites diurnes. Il les voyait un par un se retourner et converger vers le centre où il se tenait assis, désirant ardemment et inlassablement le mouvement de chaque sabot, de chaque griffe.

— Wapiti ! s'exclama Sadie, comme une voix sortie des profondeurs de sa tête.

La voiture fit une embardée pour s'arrêter sur le bord de la route. Norton se réveilla en sursaut. D'autres voitures se rangeaient à côté d'eux ou derrière. Si craintive fût-elle, Sadie n'avait pas peur des animaux. Elle savait s'y prendre avec eux. Un jour, Norton l'avait surprise, la main pleine de myrtilles, qui donnait à manger à un cerf sauvage qui aurait pu l'écraser à terre d'un seul coup de ses bois. Le danger qu'elle courait ne lui venait jamais à l'esprit.

Voilà qu'elle se précipitait à la suite des hommes en manches de chemise, des femmes en robes de coton imprimé, des enfants de tous âges qui se pressaient sur le bord de la route comme pour observer un épouvantable accident. Le bas-côté tombait à pic jusqu'à une clairière au milieu d'une épaisse pinède. Tout le monde avait un appareil photo. Tripotant leurs objectifs, brandissant leur photomètre, réclamant des nouvelles pellicules à leurs parents et amis, tous plongeaient sur la pente en une même vague, glissant, chutant ou gardant avec peine leur équilibre dans une avalanche d'aiguilles de pin couleur rouille et de terre meuble. Les yeux grands ouverts, l'allure royale sous le fardeau de leurs bois tentaculaires festonnés de noir, les wapitis étaient agenouillés dans le creux vert et détrempé de la petite vallée. Comme les gens s'approchaient d'eux au pas de charge en hurlant, ils se levèrent avec une lente stupeur ensommeillée pour s'éloigner, sans hâte et détachés, dans le bois touffu au-delà de la clairière. Norton se tenait en haut de la pente avec une dignité tranquille, isolée. Il ignorait les gens autour de lui, maintenant maussades, qui se bousculaient bruyamment en pénétrant les sous-bois. Dans sa tête, il faisait de plates excuses aux wapitis. Il avait agi dans les meilleures intentions.

— Je n'ai même pas eu le temps de prendre une photo, disait Sadie juste à côté de lui. De toute manière, il faisait noir comme dans un four en bas, à mon avis.

Elle referma ses doigts sur la peau nue de l'avant-bras de Norton, leur extrémité douce comme une patelle.

— Allons donc voir ce trou d'eau. Celui qui se met à bouillir toutes les quinze minutes.

— Vas-y, toi, dit Norton. J'ai mal à la tête, un petit coup de soleil, je crois. Je t'attendrai assis dans la voiture.

Sadie ne répondit rien, mais elle fit gémir la boîte de vitesses avec une désinvolture évidente et Norton sut qu'il l'avait déçue.

Un peu plus tard, sentant venir l'orage, Norton regardait Sadie s'éloigner à grands pas de la voiture, coiffée d'un chapeau de paille pointu au ruban rouge noué sous le menton, sa lèvre inférieure crispée, rose et luisante, dans une moue de contrariété. Puis elle franchit, avec la file des autres touristes, la ligne blanche et aveuglante de l'horizon.

Souvent, au cours de ses rêvasseries, Norton se voyait dans le rôle d'un veuf : personnage aux joues creuses, hamletesque dans des vêtements sombres, porté à se camper, pensif et meurtri par les vents indolents sur des promontoires solitaires et aux bastingages des navires, avec le corps blanc, gracile et élégant de Sadie embaumé en une sorte de bas-relief sur l'ex-voto central de son esprit. Il ne lui venait jamais à l'idée que sa femme pourrait l'enterrer. Sa sensualité, ses enthousiasmes simples et païens, son incapacité à discuter en d'autres termes que l'émotion immédiate — tout cela était trop fragile et arachnéen pour survivre loin de ses ailes protectrices.

Ainsi qu'il l'avait deviné, la petite excursion solitaire de Sadie fut loin d'être une partie de plaisir. Le trou d'eau bouillonnait assez fort, il était d'une nuance de bleu parfaitement exquise, mais un coup de vent capricieux lui projeta la vapeur chaude en plein visage et faillit l'ébouillanter à mort. De plus, quelqu'un, un garçon ou un groupe de garçons, lui avait adressé la parole sur les planches et avait tout gâché. Une femme seule ne pouvait jamais avoir la paix ; une femme seule était une invite ambulante à toutes sortes d'impudences.

Tout cela, Norton le savait, aurait dû l'inciter à lui tenir compagnie. Mais depuis l'incident de la gourde, un dégoût pour les foules de touristes couvait au fond de son crâne. À la seule idée de se replonger dans la cohue, ses doigts se crispaient. Il se voyait, de loin, du haut de l'Olympe, en train de pousser un enfant dans une mare bouillante, de flanquer son poing dans la bedaine d'un gros bonhomme. Sa migraine revint tout à coup le poignarder comme un bec de vautour.

— Et si nous laissions le reste pour demain ? dit-il. À ce moment-là, je me sentirais mieux pour t'accompagner.

— Aujourd'hui, c'est notre dernier *jour*.

Norton ne trouva rien à répondre à cela.

C'est seulement après avoir croisé le cinquante-septième ours qu'il comprit à quel point Sadie était bouleversée. L'ours était allongé en travers de la route, tel un gros sphinx brun se prélassant au soleil. Sadie ne pouvait pas ne pas le voir : il lui fallut déboîter sur la gauche pour le contourner, mais elle garda les lèvres serrées, ne dit rien, accéléra, et prit un tournant à vive allure. Elle roulait comme une folle, maintenant. Lorsqu'ils arrivèrent au croisement proche des grandes mares arc-en-ciel, elle allait si vite qu'un groupe de gens prêts à traverser la route fit un bond effrayé en arrière et que le guide qui les accompagnait cria avec colère :

— Hé, ralentissez, vous !

Quelques centaines de mètres après le croisement, Sadie se mit à pleurer ; son visage se plissa et son nez rougit ; des larmes ruisselaient dans les coins de sa bouche et sur son menton.

— Arrête-toi ! ordonna enfin Norton, prenant la situation en main.

La voiture buta contre le bas-côté de la route, hoqueta une ou deux fois, et cala. Sadie s'effondra sur le volant comme une poupée de chiffon.

— Je n'ai rien demandé d'autre, sanglota-t-elle, imprécise. Tout ce que je voulais voir, c'étaient les trous d'eau et les sources.

— Écoute, dit Norton, je sais ce qui ne va pas. Il est près de deux heures et voilà six heures que nous roulons sans rien nous mettre sous la dent.

Les sanglots de Sadie se calmèrent. Elle laissa Norton dénouer son chapeau de paille et lui passer la main dans les cheveux.

— Nous allons continuer jusqu'au carrefour du Mammouth, poursuivit Norton, comme s'il racontait une histoire pour l'aider à trouver le sommeil. Nous avalerons une soupe chaude et des sandwiches, nous verrons s'il y a du courrier, puis au retour nous ferons toutes les sources chaudes et nous nous arrêterons à tous les trous d'eau. Ça te dit ?

Sadie hocha la tête. Il la sentit hésiter une seconde. Puis elle lança :

— Tu as vu l'*ours* ?

— Bien sûr, j'ai vu l'ours, dit Norton en dissimulant un sourire. On en est à combien, maintenant ?

— Cinquante-sept.

Avec l'intensité du soleil qui déclinait, la taille souple et gracieuse de Sadie dans le creux de son bras, Norton sentit s'épanouir en lui une bienveillance nouvelle envers l'humanité. Au fond de son crâne, la flamme irritable se refroidit. Il fit démarrer la voiture d'une main ferme et satisfaite.

Sadie flânait maintenant, rassasiée et paisible, à quelques mètres devant lui, invisible, emmaillotée de brume, mais bel et bien sienne comme une brebis en laisse. Son innocence, sa confiance, lui conféraient le halo d'un dieu protecteur. Il l'embrassait, l'enserrait. Il ne voyait pas, ou ne prenait pas la peine de voir, combien sa docilité même l'émouvait et l'attirait, ni comment, à travers les bains de brouillard fumants, suffocants, c'était elle qui maintenant le conduisait et lui qui suivait, bien que, sous l'eau claire, les arcs-en-ciel fussent perdus.

Lorsqu'ils eurent achevé leur circuit sur des planches, le soleil avait disparu derrière les collines et les grands pins muraient de leur ombre la route déserte. Comme il conduisait, un léger malaise poussa Norton à jeter un coup d'œil à l'indicateur du niveau d'essence. L'aiguille blanche indiquait que le réservoir était vide. Sadie dut le voir, elle aussi, car dans la lumière du jour qui tombait elle l'observait.

— Tu crois que nous allons y arriver ? demanda-t-elle avec une curieuse intonation dans la voix.

— Évidemment, dit Norton, bien qu'il n'en fût pas du tout certain.

Il n'y avait pas de station-service avant le lac, et ils en étaient encore à plus d'une heure. Le réservoir avait une réserve, naturellement, mais il ne l'avait jamais essayée, jamais il n'était descendu en deçà du quart. Sa contrariété au sujet de Sadie lui avait fait oublier le compteur. Ils auraient pu si facilement faire le plein au carrefour de Mammouth. Il mit les grands phares, mais même le petit faisceau de lumière qui leur ouvrait la voie ne pouvait lutter contre les ténébreux bataillons de pins environnants. Il se disait qu'il serait bien agréable, pour une fois, de voir les phares d'une autre voiture, juste derrière eux, se refléter dans le rétroviseur. Mais le rétroviseur était tout noir. Durant un instant de lâcheté irraisonnée, Norton éprouva tout le poids de l'obscurité : elle pesait sur le sommet de son crâne, le pressait de toutes parts, brutale, concentrée, comme pour broyer la fragile coquille plaquée-os qui l'isolait.

Vous les vagabonds de Liverpool
Il me faut vous mettre en garde
Quand vous allez à la chasse
avec vot' chien, vot' fusil et vot' lacet...

Les cadences plaintives du chant intensifiaient la solitude de la nuit autour d'eux.

Une nuit j'étais allongé sur mon lit
Perdu dans mes rêveries...

Soudain, comme une bougie dans le vent, la mémoire de Norton vacilla. Les paroles de la chanson s'éteignirent. Mais Sadie enchaîna :

Je rêvais que j'étais à Liverpool
De retour à Marylebone...

Ils finirent à l'unisson :

Mon fidèle amour à mes côtés
Et un broc de bière à la main
Je m'éveillai le cœur brisé
Gisant au large du pays de Van Diemen.

Norton était contrarié d'avoir oublié les paroles : il les avait sues par cœur, aussi sûrement que son nom. Il avait le sentiment que son cerveau se ramollissait.

En une demi-heure de route, ils ne croisèrent aucune pancarte qu'ils reconnussent et l'aiguille du compteur plongeait bien en dessous du niveau zéro. Norton se surprit à écouter le subtil ronflement du moteur comme la respiration d'un parent bien-aimé à l'article de la mort, les oreilles dressées, guettant l'interruption, la panne, le silence.

— Même si nous y arrivons, dit à un moment Sadie avec un petit rire tendu, il y aura deux mauvaises surprises qui nous attendront. Une remorque garée sur notre place et un ours dans la tente.

Enfin le lac se profila devant eux, au-delà des formes sombres et coniques des pins, vaste étendue rayonnante et argentée où se reflétaient les étoiles et la lune rougeâtre qui se levait à peine. Un éclair blanc croisa les phares comme un cerf détalant au galop dans la brousse. La vague et simple réverbération des bois du cerf les réconforta, de même que la vue de l'eau. De l'autre côté du lac, une minuscule couronne de lumières indiquait les boutiques du camp. Vingt minutes plus tard, ils entraient dans la station-service en riant comme des adolescents insouciants. Le moteur cala à cinq mètres de la pompe.

Norton n'avait pas vu Sadie aussi joyeuse depuis le début de leur randonnée. Dormir dehors, fût-ce dans des parcs naturels au milieu des autres tentes et des remorques, l'effrayait. Un soir qu'il était allé se promener quelques instants sur la rive du lac, le temps qu'elle finisse la vaisselle, elle était devenue hystérique : elle avait couru jusqu'au rivage en gesticulant et en appelant, son torchon à la main, les ombres bleues s'épaississant autour d'elle comme de l'eau, jusqu'à ce qu'il l'entendît et revînt vers elle. Mais maintenant qu'ils étaient sortis sans encombre de l'effroi des ténèbres, le réservoir vide et la route déserte agissaient sur elle comme de l'alcool. Sa gaieté déroutait Norton ; il portait sur lui le poids de son ancienne méfiance, de ses effrois de poltronne. Comme ils pénétraient dans le camp et se dirigeaient vers leur place, Norton eut un coup au cœur. Leur tente avait disparu. Puis, rougissant de sa propre étourderie, il s'aperçut que la tente était simplement cachée derrière la longue forme ovale d'une roulotte en aluminium qu'il ne connaissait pas et qui s'était rangée à côté d'eux.

Il manœuvra pour garer la voiture à sa place derrière la remorque. Les phares se braquèrent sur une forme massive et sombre à quelques mètres de leur tente. Sadie lâcha un petit rire de jubilation.

— Cinquante-huit !

Dérangé par l'éclat des phares, ou le bruit du moteur, l'ours recula de la boîte à ordures. Puis, rapide et maladroit, il s'évanouit dans le dédale des tentes et des remorques plongées dans l'obscurité.

D'habitude, Sadie n'aimait pas cuisiner à la nuit tombée, parce que l'odeur des aliments attirait les animaux. Ce soir, pourtant, elle alla chercher dans le réfrigérateur du camp les filets de truites roses qu'ils avaient pêchées la veille dans le lac. Elle les fit frire avec des pommes de terre à l'eau et fit cuire à la vapeur quelques épis de maïs. Elle accomplit même le rituel de préparer l'Ovomaltine sous le faisceau jaune de leur torche et mit joyeusement de l'eau à chauffer pour la vaisselle.

Pour se faire pardonner la perte de la gourde et son étourderie à propos de l'essence, Norton fut particulièrement minutieux dans les rangements. Il emballa les restes de poisson frit dans du papier paraffiné et les plaça sur la banquette arrière ainsi qu'un sac de biscuits, quelques figues et la glacière. Il s'assura que les vitres étaient bien closes et ferma les portières à clé. Dans le coffre, il y avait assez de conserves et d'aliments secs pour leur permettre de tenir deux mois ; il vérifia qu'il était verrouillé. Puis il prit le baquet d'eau de vaisselle savonneuse pour laver la table de bois et les deux bancs. Les ours n'embêtaient que les campeurs malpropres, assuraient les gardes — ceux qui laissaient traîner de la nourriture ou en conservaient dans leur tente. Toutes les nuits, bien sûr, les ours se promenaient à travers le camp, de boîte à ordures en boîte à ordures, pour fourrager. On n'y pouvait rien. Les poubelles avaient des couvercles en métal et étaient profondément enfoncées dans la terre, mais les ours étaient assez malins pour faire sauter le haut d'une chiquenaude et ramasser les débris, fouiller dans le papier paraffiné et les emballages en carton à la recherche de croûtons de pain rassis, de morceaux de hamburgers ou de hot-dogs, de pots encore poisseux de miel ou de confiture, tous les restes généreusement abandonnés par les campeurs qui n'avaient pas pris la peine de se munir de glacières ou de récipients convenables. Malgré les règles formelles, les gens donnaient aussi à manger aux ours — ils les attiraient avec du sucre et des biscuits pour les faire poser devant l'objectif, ou même ils poussaient leurs enfants sous le nez de l'ours pour faire un cliché amusant.

Dans le clair de lune bleu et duveteux, les pins se hérissaient d'ombre. Norton imaginait les grandes formes bestiales des ours qui allaient et venaient à pas sourds, au cœur de l'obscurité, fouinant en quête de nourriture. Sa migraine se remit à le tourmenter. En même temps que son mal de tête, quelque chose palpitait à la frontière de son esprit, et c'était pour lui aussi cruel que les paroles oubliées d'une chanson : quelque proverbe, quelque souvenir depuis longtemps submergé qu'il essayait de pêcher mais qui ne voulait pas venir.

— Norton ! souffla Sadie depuis la tente.

Il la rejoignit avec les gestes lents et mécaniques d'un somnambule, refermant derrière lui l'ouverture de toile et la moustiquaire. Le sac de couchage avait pris la chaleur de Sadie, et il se glissa à ses côtés comme dans un nid profond.

Il fut réveillé par le choc. Il commença par le rêver, fracas déchirant, tintement de verre brisé, puis il s'éveilla, la tête tout à fait claire, pour l'entendre continuer — une cascade de cloches et de gongs qui allait en diminuant.

À côté de lui Sadie était allongée, toute raide. Le souffle de ses mots caressa son oreille.

— Mon ours, dit-elle comme si elle l'avait fait venir de l'obscurité.

Après le choc, l'atmosphère parut étrangement calme. Puis Norton entendit racler autour de la voiture. Il y eut un heurt accompagné d'un vacarme assourdissant, comme si l'ours lançait des conserves et des boîtes en bas d'une pente. Il est entré dans le coffre, se dit Norton. Il va éventrer toutes nos conserves de ragoût, de soupe et de fruits et rester assis là toute la nuit, à se gorger. La vision de l'ours dans leurs provisions le mit en rage. D'une manière ou d'une autre, l'ours était à l'origine de la gourde volée, du réservoir vide et, comme si ce n'était pas suffisant, il allait leur dévorer deux mois de vivres en une seule nuit.

— Fais quelque chose.

Sadie se pelotonna dans le nid des couvertures.

— Chasse-le.

Sa voix était un défi, mais il avait les membres engourdis.

Norton entendait l'ours qui flairait, allait et venait autour de la tente. La toile lofait comme une voile. Il sortit précautionneusement du sac de couchage, quittant à contrecœur la chaleur sombre et musquée. Il jeta un coup d'œil à travers la moustiquaire. Dans l'averse bleutée du clair de lune, il vit l'ours, le dos rond, qui se glissait dans la voiture par un trou, à l'emplacement normal de la vitre arrière gauche. Avec un crépitement, comme une boule de papier que l'on froisse dans sa main, l'ours extirpa un petit paquet de paille et de rubans.

Norton s'étrangla de colère. Le maudit ours n'avait aucun droit sur le chapeau de sa femme, il n'avait pas le droit de le massacrer ainsi. Le chapeau appartenait à Sadie aussi indissolublement que son propre corps, et voilà que cet ours le chiffonnait et le mettait en pièces d'une façon horrible, indiscrète.

— Reste ici, dit Norton. Je vais faire déguerpir cet ours.

— Prends la lampe. Ça l'effraiera.

Norton chercha à tâtons la forme froide et cylindrique de la torche sur le sol, remonta la fermeture éclair et sortit dans le brouillard pâle du clair de lune. L'ours était parvenu à extraire le poisson frit du fond de la voiture et s'était maintenant redressé, l'air préoccupé, fouillant dans l'emballage de papier paraffiné. Grotesque boule de paille, les restes du chapeau de Sadie gisaient à ses pieds.

Norton braqua le rayon de sa torche droit dans les yeux de l'ours.

— Fiche le camp d'ici, toi, dit-il.

L'ours ne bougea pas.

Norton fit un pas en avant. La silhouette de l'ours dominait la voiture. Dans la lumière crue de sa torche, Norton put voir les traces des dents dans le verre autour du trou béant de la vitre arrière.

— Fiche le camp...

Il tenait la torche d'une main ferme tout en avançant, voulant de toutes ses forces que l'ours s'en aille. D'un instant à l'autre, l'ours allait céder et détaler.

— Fiche le camp...

Mais il y avait une autre volonté à l'œuvre, une volonté plus forte encore que la sienne.

L'obscurité ferma le poing et frappa. La lumière s'éteignit. La lune disparut dans un nuage. Une chaleur nauséeuse s'enflamma dans son cœur et ses entrailles. Il se débattit, goûtant le miel épais et doux qui inondait sa gorge et dégoulinait de ses narines. Comme d'une lointaine planète qui reculait rapidement, il entendit un cri perçant — de terreur ou de triomphe, il n'aurait su le dire.

C'était le dernier ours, son ours à elle, le cinquante-neuvième.

La boîte à souhaits

Agnès Higgins ne saisissait que trop bien la cause de l'expression béate, distraite, de son mari Harold devant son jus d'orange et ses œufs brouillés matinaux.

— Eh bien, dit Agnès, tout en humant la gelée de prunes qu'elle étalait sur sa biscotte à grands coups de couteau à beurre, à quoi as-tu rêvé *la nuit dernière* ?

— Je repensais justement, répondit Harold, persistant à traverser d'un regard bienheureux et voilé la forme très avenante et matérielle de sa femme (joues pêche et blondeur duveteuse comme toujours, en cette matinée de début septembre, dans son peignoir à fleurs roses), à ces manuscrits dont je discutais avec William Blake.

— Mais, objecta Agnès, qui avait quelque difficulté à dissimuler son irritation, comment *savais-tu* qu'il s'agissait de William Blake ?

Harold parut surpris.

— Mais d'après ses portraits, évidemment.

Et que pouvait répondre Agnès à cela ? Elle enrageait en silence devant son café, aux prises avec l'étrange jalousie qui n'avait cessé de grandir en elle comme une sombre tumeur maligne dès leur nuit de noces, seulement trois mois auparavant, lorsqu'elle avait découvert les rêves d'Harold. En cette première nuit de leur lune de miel, aux petites heures du matin, Harold avait arraché Agnès à un sommeil profond et sans rêve par une crispation violente et convulsive de tout le bras droit. Un instant effrayée, Agnès avait secoué Harold pour le réveiller et lui demander d'une voix tendre et maternelle ce qui se passait ; elle le croyait en proie aux affres d'un cauchemar. Il n'en était rien.

— Je commençais juste à jouer le concerto de *l'Empereur*, expliqua-t-il dans un demi-sommeil. Je devais lever le bras pour le premier accord lorsque tu m'as réveillé.

Au début de leur vie commune, les rêves colorés d'Harold amusaient Agnès. Tous les matins, elle lui demandait ce qu'il avait rêvé pendant la nuit, et il le lui racontait avec force détails, comme s'il décrivait un événement important, réel.

« J'étais présenté à une assemblée de poètes américains à la Bibliothèque du Congrès, racontait-il avec délices. William Carlos Williams était là dans un grand manteau de laine brute, et celui qui écrit sur Nantucket, et Robinson Jeffers, avec son air d'Indien d'Amérique, comme sur la photographie de l'anthologie ; puis arriva Robert Frost dans une conduite intérieure et il lança une observation spirituelle qui me fit rire. » Ou « Je voyais un magnifique désert, tout de rouge et de pourpre, dont chaque grain de sable, tel un rubis ou un saphir, étincelait. Un léopard blanc tacheté d'or se tenait au-dessus du cours d'eau bleu vif, les pattes arrière sur une rive, les pattes avant sur l'autre, et une petite colonie de fourmis rouges traversait la rivière sur la queue du léopard, le long de son dos, entre les yeux et redescendait de l'autre côté. »

Les rêves d'Harold n'étaient rien moins que de méticuleuses œuvres d'art. Indéniablement, pour un comptable diplômé aux penchants littéraires prononcés (il lit E.T.A. Hoffmann, Kafka et les mensuels d'astrologie plutôt que le journal, dans ses trajets en train), Harold possédait une imagination étonnamment rapide et colorée. Mais, peu à peu, la singulière habitude qu'avait Harold de considérer ses rêves comme faisant vraiment partie intégrante de son existence diurne commença à exaspérer Agnès. Elle se sentait exclue. Comme si Harold passait un tiers de sa vie au milieu de célébrités et de fabuleuses créatures de légende dans un monde grisant dont Agnès se trouvait perpétuellement rejetée, sauf par ouï-dire.

Au fil des semaines, Agnès se mit à broyer du noir. Bien qu'elle refusât de s'en ouvrir à Harold, ses propres rêves, lorsqu'elle en avait (ce qui, hélas, lui arrivait assez rarement), l'épouvantaient : paysages lugubres et hostiles peuplés de silhouettes menaçantes et extraordinaires. Jamais elle n'arrivait à se souvenir de ces cauchemars en détail ; leurs formes s'estompaient alors même qu'elle luttait pour se réveiller, et elle conservait seulement le sentiment aigu de leur atmosphère étouffante, chargée d'orage, qui, oppressante, la hantait tout au long de la journée suivante. Agnès avait honte à l'idée de livrer à Harold ces fragments de scène d'horreur tant elle redoutait qu'ils ne donnent qu'une image peu flatteuse du pouvoir de son imagination. Rares et espacés, ces rêves semblaient tellement prosaïques, tellement rebutants comparés à la splendeur baroque et royale de ceux d'Harold. Comment pourrait-elle simplement lui dire par exemple : « Je tombais » ; ou : « Maman mourait et j'étais si triste » ; ou encore : « J'étais pourchassée par je-ne-sais-quoi et je n'arrivais pas à courir » ? La vérité toute nue, comprenait Agnès avec une pointe d'envie, c'est que le récit de ses rêves pousserait le plus consciencieux des psychanalystes à réprimer un bâillement.

Où, se demandait tristement Agnès, étaient passés les jours fertiles de son enfance quand elle croyait aux contes de fées ? À l'époque, au moins, jamais elle ne dormait sans rêver, et ses rêves n'étaient ni affreux ni ennuyeux. Dans sa septième année, se souvenait-elle avec nostalgie, elle avait rêvé d'un pays, au-dessus des nuages, où les boîtes à souhaits poussaient sur les arbres et ressemblaient à s'y méprendre à des moulins à café ; on cueillait une boîte, on tournait la poignée neuf fois tout en chuchotant son vœu dans le petit trou sur le côté et le souhait devenait réalité. Une autre fois, elle avait rêvé qu'elle avait découvert trois brins d'herbe magiques à côté de la boîte à lettres au bout de la rue : les brins d'herbe brillaient comme des cheveux d'ange — un rouge, un bleu et un argent. Dans un autre rêve encore, elle était avec son petit frère Michael en tenue de ski devant la maison à bardeaux blancs de Dody Nelson, et des racines noueuses d'érables serpentaient sur la terre dure et brune ; elle portait des moufles de laine à rayures rouges et blanches ; et, tout à coup, comme elle tendait une main, paume vers le ciel, il se mit à neiger de la gomme bleu turquoise. Mais c'était à peu près les seuls rêves d'une enfance infiniment plus créative dont Agnès eût gardé le souvenir. À quel âge ces univers oniriques, colorés et bienfaisants, l'avaient-il chassée ? Et pour quelle raison ?

Pendant ce temps, infatigablement, Harold continuait à raconter ses rêves au cours du petit-déjeuner. Une fois, dans une période sombre et déprimante de sa vie, avant qu'il ne fît la connaissance d'Agnès, Harold rêva qu'un renard roux courait à travers sa cuisine, grièvement brûlé, la fourrure carbonisée, avec plusieurs plaies sanguinolentes. Plus tard, confia Harold, à une époque plus souriante peu de temps après son mariage avec Agnès, le renard était réapparu, miraculeusement guéri, la fourrure superbe, pour lui offrir une bouteille d'encre noire Quink. Harold affectionnait particulièrement ses rêves du renard ; ils revenaient souvent. De même, notamment, son rêve du brochet géant.

— Il y avait cet étang, confia-t-il à Agnès par une orageuse matinée d'août, où mon cousin Albert et moi aimions à pêcher ; il regorgeait de brochets. Eh bien, la nuit dernière, j'y pêchais et j'ai pris le plus gros brochet qui se puisse imaginer — ce devait être l'arrière-arrière-grand-père de tous les autres ; je tirai, tirai, tirai et il n'en finissait jamais de sortir de cet étang.

— Une fois, répliqua Agnès tout en remuant le sucre dans son café noir d'un air morose, quand j'étais petite, j'ai rêvé de Superman, tout en technicolor. Il était vêtu de bleu avec une cape rouge et des cheveux noirs, beau comme un prince, et je m'envolais tout contre lui dans les airs — je sentais le vent siffler à mes oreilles et les larmes s'échapper de mes yeux. Nous avons survolé l'Alabama ; je savais qu'il s'agissait de l'Alabama parce que la terre ressemblait à une carte, sur laquelle « Alabama » était écrit en toutes lettres en travers des grandes montagnes vertes.

Harold fut visiblement impressionné.

— Qu'as-tu rêvé la nuit dernière ? demanda-t-il alors à Agnès.

Harold avait un ton presque repentant : à vrai dire, il était tellement préoccupé par sa propre vie onirique qu'il n'avait sincèrement jamais pensé à écouter et à s'intéresser à celle de sa femme. Il regarda avec un intérêt nouveau son joli visage troublé : Agnès — Harold prit le temps de le remarquer pour la première fois peut-être depuis les premiers temps de leur vie conjugale — offrait un spectacle fort séduisant, de l'autre côté de la table du petit-déjeuner.

Pour l'instant, Agnès était déroutée par la question bien intentionnée d'Harold ; il y avait belle lurette qu'elle avait passé le stade où elle envisageait sérieusement de cacher dans son armoire un exemplaire des écrits de Freud sur les rêves et de s'affirmer en s'inventant des rêves tous les matins à seule fin d'éveiller l'intérêt d'Harold. Jetant toute réticence au vent, elle décida en désespoir de cause de lui confier son problème.

— Je ne rêve à rien, avoua-t-elle d'une voix basse et tragique. Plus jamais.

Harold fut visiblement inquiet.

— Peut-être, dit-il pour la consoler, ne sollicites-tu pas suffisamment les pouvoirs de ton imagination. Tu devrais t'exercer. Essaie de fermer les yeux.

Agnès ferma les yeux.

— Et maintenant, demanda Harold plein d'espoir, que vois-tu ?

Agnès paniqua. Elle ne voyait rien.

— Rien, répondit-elle d'une voix tremblante. Rien qu'une sorte de brouillard.

— Eh bien, dit Harold, jovial, adoptant l'attitude d'un médecin traitant une maladie certes douloureuse mais pas nécessairement fatale, imagine un gobelet.

— Quel *genre* de gobelet ? supplia Agnès.

— À ta guise, répondit Harold. C'est à *toi* de *me* le décrire.

Les yeux toujours fermés, Agnès fouilla frénétiquement les profondeurs de sa tête. Au prix d'un effort considérable, elle parvint à évoquer un vague gobelet d'argent brillant qui planait quelque part dans des régions nébuleuses, au fond de son cerveau, vacillant comme s'il risquait de s'éteindre à tout instant comme une bougie.

— Il est en argent, dit-elle presque avec défi. Et il a deux anses.

— Parfait. Maintenant, imagine qu'il y a une scène gravée sur ce gobelet.

Agnès se força à voir un renne sur le gobelet, entouré de feuilles de vigne, sommairement gravées dans l'argent.

— C'est un renne dans une guirlande de feuilles de vigne.

— De quelle couleur est la scène ?

Harold était vraiment impitoyable, se dit Agnès.

— Verte, mentit Agnès en peignant à la hâte les feuilles de vigne. Les feuilles de vigne sont vertes. Et le ciel est noir — elle était presque fière de ce trait d'originalité. Et le roux du renne est moucheté de blanc.

— Très bien. Maintenant, polis le gobelet jusqu'à ce qu'il brille de tout son éclat.

Agnès polit le gobelet imaginaire en ayant le sentiment de tricher.

— Mais il est au *fond* de ma tête, dit-elle, sceptique, en ouvrant les yeux. Tout ce que je vois est au fond de ma tête. Est-ce là que tu vois tes rêves, *toi* ?

— Eh bien, non, dit Harold, perplexe. Je vois mes rêves juste derrière mes paupières, comme sur un écran. Ils se présentent d'eux-mêmes : je n'ai strictement rien à faire. Comme maintenant, ajouta-t-il en fermant les yeux. Je vois des couronnes brillantes qui se balancent, accrochées à ce grand saule.

Agnès s'enferma dans un silence maussade.

— Ça va aller, lança Harold, joyeusement pour la réconforter. Il suffit que tu t'exerces tous les jours à imaginer des choses différentes comme je te l'ai appris.

Agnès laissa tomber le sujet. Pendant qu'Harold était à son travail, elle se mit, soudain, à lire énormément ; la lecture lui gardait l'esprit plein d'images. En proie à une sorte d'hystérie boulimique, elle dévora romans, magazines féminins, journaux, et même les anecdotes de son livre de cuisine *Joy of Cooking* ; elle lisait les brochures de voyages, les prospectus pour des appareils ménagers, le *Sears Roebuck Catalogue*, les instructions sur les boîtes de savon en paillettes, les résumés au dos des pochettes de disque — tout ce qui pouvait l'empêcher de se retrouver face au vide béant de sa propre tête, dont Harold lui avait fait si douloureusement prendre conscience. Mais sitôt qu'elle levait les yeux de la chose imprimée qu'elle avait sous la main, on aurait dit qu'un univers protecteur s'était évanoui.

La réalité absolument autonome et immuable des *choses* qui l'entouraient commença à déprimer

Agnès. Avec un effroi jaloux, son regard apeuré, presque paralysé, absorbait le tapis d'Orient, le papier peint bleu Williamsburg, les dragons dorés du vase chinois posé sur la cheminée, les médaillons bleu et or du canapé capitonné sur lequel elle était assise. Elle était comme étouffée, suffoquée par ces objets dont la massive existence pragmatique menaçait en quelque sorte les racines les plus profondes, les plus secrètes, de son être éphémère. Harold, elle ne le savait que trop, ne tolérerait point cette absurde vanité de la part des tables et des chaises ; si la scène qu'il avait sous les yeux n'était pas à son goût, si elle le lassait, il en changerait au gré de sa fantaisie. Si dans quelque douce hallucination, s'affligeait Agnès, une pieuvre venait à glisser sur le sol jusqu'à elle, toute de cachemire pourpre et orange, elle rendrait grâce au ciel. Elle bénirait tout ce qui lui prouverait que son imagination n'avait pas irrémédiablement perdu ses facultés créatrices ; que son œil n'était pas un simple objectif d'appareil photo ouvert, qui enregistrait fidèlement tous les phénomènes environnants, sans plus.

— Une rose, se surprit-elle à répéter d'une voix caverneuse, comme un chant funèbre, est une rose est une rose...

Un matin qu'Agnès lisait un roman, elle s'aperçut soudain avec terreur que ses yeux venaient de parcourir cinq pages sans saisir le sens d'un traître mot. Elle essaya de nouveau, mais les lettres se séparaient, se contorsionnaient en travers de la page tels des petits serpents noirs malveillants, sifflant une espèce de jargon intraduisible. C'est alors qu'Agnès se mit à fréquenter tous les après-midi le cinéma du coin. Peu lui importait d'avoir déjà vu le film à plusieurs reprises ; le fluide kaléidoscope de formes qu'elle avait devant les yeux la plongeait dans une transe rythmique ; les voix, qui parlaient en quelque code apaisant, inintelligible, exorcisaient le silence de mort qui régnait dans sa tête. Enfin, à force de cajoleries, Agnès persuada Harold d'acheter un poste de télévision à tempérament. C'était beaucoup mieux que le cinéma. Elle pouvait boire du sherry en regardant la télévision au cours des longs après-midi. Ces derniers temps, lorsque Agnès accueillait Harold chaque soir à son retour à la maison, elle constatait avec une certaine satisfaction empreinte de malice que son visage se brouillait devant son regard, en sorte qu'elle pouvait modifier ses traits à loisir. Tantôt elle lui donnait un teint vert vif, tantôt lavande ; tantôt un nez grec, tantôt un nez aquilin.

— Mais *j'aime* le sherry, protesta Agnès avec entêtement lorsque, ses après-midi alcoolisés devenant évidents même au regard indulgent de Harold, il la pria d'arrêter. Ça me détend.

Cependant le sherry ne détendait pas suffisamment Agnès pour la plonger dans le sommeil. Cruellement sobre, une fois la brume visionnaire du sherry dissipée, elle restait étendue, raide, à tordre nerveusement ses doigts crispés comme des serres dans les draps, bien après que Harold avait trouvé une respiration paisible, égale, au beau milieu de quelque rare et merveilleuse aventure. En proie à une panique glacée grandissante, Agnès passait nuit blanche sur nuit blanche. Pis encore, elle n'éprouvait plus la moindre fatigue. Enfin, brusquement, lui vint une conscience claire et morne de ce qui lui arrivait : les rideaux du sommeil, de l'obscurité réparatrice et porteuse d'oubli qui sépare chaque journée du jour qui précède et du jour qui suit, étaient éternellement, irrévocablement levés pour Agnès. Elle se vit devant l'insupportable perspective d'une suite ininterrompue de jours et de nuits d'éveil, sans vision, l'esprit condamné à une parfaite vacuité, sans la moindre image originale pour se protéger de l'assaut écrasant de tables et de chaises prétentieuses, autonomes. Elle risquait bien de vivre jusqu'à cent ans, songeait Agnès prise de nausée : dans sa famille, toutes les femmes vivaient longtemps.

À sa façon joviale, le Dr Marcus, médecin de famille des Higgins, tenta de rassurer Agnès qui se plaignait d'insomnie :

— Juste un peu de tension nerveuse, c'est tout. Prenez une de ces gélules le soir pendant quelque temps et voyez comment vous dormez.

Agnès ne demanda pas au Dr Marcus si ce médicament lui donnerait des rêves ; elle fourra la boîte de cinquante pilules dans son sac à main et rentra chez elle en bus.

Deux jours plus tard, le dernier vendredi de septembre, lorsque Harold rentra de son travail (il avait fermé les yeux durant toute son heure de train, simulant le sommeil alors qu'en réalité il remontait sur un bateau à voile cerise une rivière lumineuse où des éléphants blancs vagabondaient sur la surface cristalline des eaux à l'ombre de tourelles mauresques tout en verre multicolore), il trouva Agnès allongée sur le canapé du salon dans sa robe du soir préférée, la vert émeraude de forme princesse, pâle et ravissante comme un lys épanoui, les yeux clos, une boîte de gélules vide et un verre d'eau renversé sur le tapis à côté d'elle. Ses traits sereins étaient figés en un léger, secret sourire de triomphe, comme si, dans quelque lointaine contrée inaccessible aux mortels, elle valsait enfin avec le prince aux cheveux noirs et à la cape rouge de ses rêves d'enfant.

Le jour où Mr Prescott est mort

C'était une journée ensoleillée et chaude, le jour où le vieux Mr Prescott est mort. Maman et moi étions assises sur la banquette latérale dans le bus vert délabré qui menait de la station de métro à Devonshire Terrace, à brimbaler et brimbaler. La sueur ruisselait dans mon dos, je la sentais, et ma tenue de lin noir collait au siège. À chaque mouvement, elle se libérait avec un bruit de tissu déchiré, et je lançais à maman un regard courroucé, « et voilà ! », comme si c'était sa faute, mais ce n'était pas sa faute. Elle était simplement assise, les mains croisées sur ses genoux, bringuebalant, et ne disait rien. Elle avait juste l'air soumis au destin, et c'est tout.

— Dis donc, maman, lui avais-je déclaré après le coup de fil de Mrs Mayfair ce matin-là, je peux bien prendre la peine d'aller aux funérailles même si je ne crois pas aux enterrements ; seulement, qu'est-ce que tu veux dire par rester et veiller avec eux ?

— C'est ce qu'on fait quand un proche meurt,

dit maman, très raisonnable. On y va et on veille avec eux. C'est un mauvais moment.

— Alors c'est un mauvais moment, répliquai-je. Puis qu'est-ce que j'y peux, moi qui n'ai pas revu Liz et Ben Prescott depuis que j'étais enfant, une fois par an, à Noël, pour les cadeaux chez Mrs Mayfair. Je suis censée m'asseoir et passer les mouchoirs, peut-être ?

À ces mots, voilà que maman m'allonge une claque en travers de la bouche, comme elle ne l'avait plus fait depuis que j'étais toute gamine et très insolente.

— Tu viens avec moi, dit-elle de son ton solennel qui signifie clairement les caprices, ça suffit.

Voilà donc comment je me suis retrouvée assise dans un bus en ce jour le plus chaud de l'année. Je n'étais pas sûre de la façon de s'habiller pour veiller avec les gens, mais j'avais idée que du moment que c'était noir, ça irait. Alors j'avais mis cet ensemble noir, vraiment très chic, et un petit chapeau à voilette, comme celui que je porte au bureau lorsque je dîne dehors le soir, et je me sentais prête à tout.

Bon, le bus avançait en cahotant, et nous traversâmes les quartiers vraiment moches de l'est de Boston où je n'avais pas mis les pieds depuis que j'étais petite. Depuis que nous étions parties pour la campagne avec Tante Myra, je n'étais jamais revenue dans ma ville natale. La seule chose qui m'avait vraiment manqué après notre départ, c'était la mer. Aujourd'hui encore dans ce bus, je me surpris à attendre la première étendue de bleu.

— Regarde, maman, voilà la vieille plage, dis-je, le doigt pointé.

Maman regarda et sourit.

— Oui.

Sur ce, elle se tourna vers moi et son maigre visage se fit grave.

— Je tiens à être fière de toi, aujourd'hui. Quand tu parles, parle. Mais parle joliment. Pas de ces histoires délirantes de gens qui grillent comme des porcs rôtis. Ce n'est pas convenable.

— Oh, maman, dis-je, très lasse. Je passais mon temps à lui expliquer. Est-ce que tu ne sais pas que j'ai plus de jugeote que ça. Juste parce que ça pendait au nez du vieux Mr Prescott, juste parce que personne n'a de chagrin, ne va pas croire que je ne saurai pas me tenir.

Je savais que ça agacerait maman.

— Personne n'a de chagrin ? Qu'est-ce que tu veux dire ? siffla-t-elle, après s'être assurée que les gens n'étaient pas assez près de nous pour écouter. Qu'est-ce qui te prend de dire des horreurs pareilles ?

— Écoute, maman, dis-je, tu sais bien que Mr Prescott avait vingt ans de plus que Mrs Prescott et tout ce qu'elle attendait c'est qu'il meure pour prendre un peu de bon temps. Elle attendait, c'est tout. Il a toujours été un vieillard grincheux, aussi loin que je me souvienne. La dent dure avec tout le monde, et puis il avait tout le temps cette maladie de peau sur les mains.

— C'était une misère, mais le malheureux n'y

pouvait rien, répondit maman pieusement. Il avait bien de quoi être acariâtre avec ses mains qui le démangeaient tout le temps et qu'il ne cessait de gratter.

— Tu te souviens quand il est venu souper à Noël, l'an dernier ? poursuivis-je obstinément. Il s'est assis à table et il n'arrêtait pas de se frotter les mains, si bruyamment qu'on n'entendait rien d'autre, seulement sa peau qui se détachait par petits grains comme du papier de verre. Ça te plairait de vivre avec *ça* tous les jours ?

Cette fois, je l'avais eue. Aucun doute à ce sujet, le départ de Mr Prescott ne ferait de peine à personne. C'était bien la meilleure chose qui ait pu arriver.

— Eh bien, soupira maman, au moins pouvons-nous nous réjouir qu'il soit mort si vite et sans souffrir. Si seulement je pouvais partir comme ça lorsque mon heure viendra.

Puis, tout à coup, les rues furent encombrées : nous étions tout près du vieux Devonshire Terrace et maman appuya sur le bouton. Le bus plongea vers un arrêt, et je m'accrochai à la barre de chrome écaillée derrière le chauffeur, juste à temps pour ne pas aller heurter la vitre avant.

— Merci, monsieur, dis-je de ma voix la plus glaciale, et je descendis du bus avec un air pincé.

— Souviens-toi, dit maman tandis que nous marchions sur le trottoir, passant l'une derrière l'autre à chaque fontaine tant il était étroit, souviens-toi, nous resterons aussi longtemps qu'ils auront besoin de nous. Et sans rechigner. Tu te contentes de faire la vaisselle, ou de parler avec Liz, ou je ne sais quoi.

— Mais maman, protestai-je, comment puis-je dire que je suis désolée pour Mr Prescott alors que je n'ai vraiment pas le moindre chagrin ? Quand en vérité je pense que c'est une bonne chose ?

— Tu peux dire que c'est par la grâce de Dieu qu'il a eu une fin si paisible, répondit maman d'une voix sévère. Ce sera la pure vérité.

Je commençai à me sentir nerveuse seulement quand nous nous engageâmes dans la petite allée de graviers le long de la vieille maison jaune que les Prescott possédaient sur Devonshire Terrace. Je n'éprouvais pas la moindre tristesse. L'auvent orange et vert était déployé au-dessus du porche, exactement comme dans mon souvenir, et dix ans après, il ne paraissait en rien différent, juste plus petit. Et les deux peupliers de part et d'autre de la porte avaient rétréci, mais c'était tout.

Tandis que j'aidais maman à gravir les marches de pierre qui menaient au porche, j'entendais un grincement ; pas de doute, Ben Prescott était là, assis, à se balancer dans le hamac comme n'importe quel jour au monde, sauf que ce jour-là son père était mort. Il était installé là, dégingandé et long comme la vie. Ce qui me surprit le plus, c'est qu'il avait sa guitare préférée dans le hamac, près de lui. Comme s'il finissait à l'instant de jouer *The Big Rock Candy Mountain* ou autre chose.

— Bonjour, Ben, dit maman d'une voix lugubre. Je suis désolée.

Ben parut embarrassé.

— Diable, tout va bien, dit-il. Les autres sont au salon.

Je suivis maman à travers la porte grillagée tout en adressant un petit sourire à Ben. Je ne savais pas si c'était bien de sourire vu que Ben était un chic type, ou s'il ne fallait pas, par respect pour son papa.

À l'intérieur de la maison, c'était comme dans mon souvenir, si sombre qu'on y voyait à peine, et les stores verts des fenêtres n'arrangeaient rien. Ils étaient tous baissés. À cause de la chaleur ou des funérailles, je n'aurais su. Maman se fraya un chemin à tâtons jusqu'au salon et ouvrit les rideaux de porte.

— Lydia ? appela-t-elle.

— Agnès ?

Il y eut un peu d'agitation dans l'obscurité du salon et Mrs Prescott vint à notre rencontre. Je ne lui avais jamais vu aussi bonne mine, même avec la poudre sur son visage toute striée par les larmes.

Je restai plantée là pendant que toutes les deux se serraient dans les bras et échangeaient de gentils murmures. Puis Mrs Prescott se tourna vers moi et me tendit sa joue pour un baiser. J'essayai de nouveau d'avoir l'air triste, mais rien à faire, ça ne voulait pas venir, alors je dis :

— Vous ne pouvez pas savoir combien nous avons été surprises par la mort de Mr Prescott.

En vérité, pourtant, personne n'avait été le moins du monde surpris, il suffisait d'une nouvelle crise cardiaque pour que son compte soit bon. Mais c'était bien ce qu'il fallait dire.

— Ah oui, soupira Mrs Prescott. Je n'avais pas pensé voir ce jour avant encore de bonnes années.

Et sur ce, elle nous fit entrer au salon.

Quand je me fus habituée à la pénombre, je distinguai les gens qui étaient assis dans la pièce. Il y avait là Mrs Mayfair, qui était la belle-sœur de Mrs Prescott et la femme la plus énorme que j'aie jamais vue. Elle était dans un coin, à côté du piano. Puis il y avait Liz, mais c'est à peine si elle me dit bonjour. Elle portait un short et une vieille chemise, tirant sans cesse sur une cigarette. Pour une fille qui avait vu son père mourir ce matin-là, elle était vraiment détendue, juste un peu pâle, c'est tout.

Bon, lorsque nous fûmes toutes installées, personne ne parla pendant une minute, comme si nous attendions un signe, juste avant le commencement d'un spectacle. Seule Mrs Mayfair, assise sur ses couches de graisse, s'épongeait les yeux avec un mouchoir, mais j'étais assez sûre que c'était de la sueur qui coulait, pas des larmes, loin s'en faut.

— C'est triste, commença alors maman, d'une voix très basse. C'est triste, Lydia, que ça se soit passé de cette façon. J'étais tellement pressée de venir que je n'ai même pas su qui l'avait trouvé, lui.

Maman prononça « lui » comme s'il y fallait un L majuscule, mais je me dis que c'était sans danger maintenant que le vieux Mr Prescott n'embêterait plus personne avec son sale caractère et ses mains râpeuses. De toute manière, c'était bien le signal que Mrs Prescott attendait.

— Oh, Agnès, commença-t-elle, son visage s'éclairant bizarrement, je n'étais même pas ici. C'est Liz qui l'a trouvé, la pauvre enfant.

— Pauvre enfant, ajouta Mrs Mayfair en reniflant dans son mouchoir.

Son gros visage rouge se craquelait comme un melon d'eau.

— Il lui est tombé mort dans les bras, littéralement.

Liz ne desserra pas les lèvres mais se contenta d'écraser une cigarette à demi fumée et d'en allumer une autre. Ses mains ne tremblaient même pas. Et croyez-moi, je l'observais attentivement.

— J'étais chez le rabbin, renchérit Mrs Prescott. — Elle raffole de religions nouvelles. Elle a tout le temps un nouveau pasteur ou prédicateur à dîner chez elle. Alors maintenant, c'est donc un rabbin. — J'étais chez le rabbin, et Liz était à la maison, elle préparait le repas quand papa est rentré à la maison. Il était allé nager. Tu sais combien il a toujours aimé nager, Agnès.

Maman dit que oui, elle savait combien Mr Prescott avait toujours aimé nager.

— Eh bien, poursuivit Mrs Prescott, aussi imperturbable que ce type de l'émission de *Chasse à l'homme*, il n'était pas plus de onze heures trente. Papa adorait faire un plongeon le matin, même quand l'eau était glaciale, puis il remontait et se séchait dans la cour tout en discutant le coup avec notre voisin par-dessus la haie de roses trémières.

— Il l'avait plantée il y a tout juste un an, coupa Mrs Mayfair, comme s'il s'agissait d'un indice important.

— Et Mr Gove, ce gentil monsieur d'à côté, trouva que papa avait un drôle d'air, il était bleu, dit-il, et papa ne lui a pas répondu tout de suite, il est resté planté là à le regarder fixement avec un sourire idiot.

Liz regardait par la fenêtre où l'on entendait encore le bruit du hamac qui grinçait sous le porche. Elle faisait des ronds de fumée. Pas un mot, tout ce temps-là. Seulement des ronds de fumée.

— Alors Mr Gove appelle Liz en criant et elle se précipite dehors et papa s'abat comme un arbre sur le sol, et Mr Gove court chercher un peu de cognac dans la maison tandis que Liz tient papa dans ses bras...

— Et alors, que s'est-il passé ?

Je ne pus me retenir de poser la question, comme j'en avais l'habitude quand j'étais gosse et maman me racontait des histoires de cambrioleurs.

— Alors, nous dit Mrs Prescott, papa est..., passé dans les bras de Liz. Sans même avoir eu le temps de finir son cognac.

— Oh, Lydia, dit maman dans un sanglot. Quelle épreuve tu as traversée !

Mrs Prescott n'avait vraiment pas l'air d'avoir traversé grand-chose. Mrs Mayfair se mit à sangloter dans son mouchoir tout en invoquant le nom du Seigneur. Elle avait dû lui en vouloir, au vieux, parce qu'elle ne cessait d'implorer : « Oh, pardonne-nous nos péchés », comme si elle l'avait occis de ses propres mains.

— Nous allons continuer à vivre, dit Mrs Prescott en souriant vaillamment. C'est ce qu'il aurait voulu.

— Nous n'avons rien de mieux à faire, soupira maman.

— J'espère partir aussi paisiblement, dit Mrs Prescott.

— Pardonnez-nous nos péchés, sanglota Mrs Mayfair sans s'adresser à personne en particulier.

Sur ce, le grincement du hamac cessa et Ben Prescott apparut sur le seuil de la porte, clignant des yeux derrière ses épaisses lunettes et tâchant de deviner où nous étions dans l'obscurité.

— J'ai faim, dit-il.

— Je crois que nous devrions aller manger maintenant, nous dit Mrs Prescott dans un sourire. Les voisins ont apporté de quoi survivre une semaine.

— Dinde et jambon, soupe et salade, observa Liz d'un ton las, comme une serveuse qui aurait annoncé le menu. Je ne savais plus où mettre tout cela.

— Oh, Lydia, s'exclama maman, laisse-*nous* préparer le repas. Laisse-*nous* donner un coup de main. J'espère que ça ne pose pas trop de problème...

— Aucun problème, répondit Mrs Prescott avec un sourire, radieux cette fois. Nous allons laisser les jeunes s'en occuper.

Maman se tourna vers moi avec l'un de ses hochements de tête lourds de sens et je sursautai comme si j'avais reçu une décharge électrique.

— Montre-moi où les choses se trouvent, Liz, dis-je, et nous allons préparer tout cela en un clin d'œil.

Ben nous suivit jusqu'à la cuisine, où se trouvait le vieux fourneau à gaz noir, ainsi que l'évier, encombré de vaisselle sale. La première chose que je fis, ce fut de prendre un gros verre bien lourd qui trempait dans l'évier et de me servir un grand verre d'eau.

— Bon sang, que j'ai soif ! dis-je, et je le bus d'un trait.

Liz et Ben me fixaient, comme hypnotisés. Puis je me rendis compte que l'eau avait un drôle de goût, comme si je n'avais pas bien rincé le verre, et qu'il était resté au fond quelques gouttes d'une boisson forte qui s'était mélangée avec l'eau.

— Ça, dit Liz après avoir tiré sur sa cigarette, c'est le dernier verre dans lequel papa a bu. Mais peu importe.

— Ô mon Dieu, je suis désolée, dis-je en le reposant bien vite. Tout à coup je me sentis près de vomir parce que j'avais dans la tête l'image du vieux Mr Prescott en train de boire son dernier verre et devenir bleu. Je suis vraiment désolée.

Ben sourit.

— Il fallait bien que quelqu'un y boive un jour ou l'autre.

Je l'aimais bien, Ben. Il avait toujours l'esprit pratique, quand il voulait bien.

Alors Liz est montée se changer, après m'avoir montré ce qu'il fallait faire pour le repas.

— Ça ne te fait rien si j'apporte ma guitare ? demanda Ben comme je commençais à préparer la salade de pommes de terre.

— Bien sûr, pour moi, pas de problème, dis-je. Seulement, ça va faire jaser les parents, tu ne crois pas ? Les guitares, c'est surtout pour les soirées et tout ça ?

— Laisse-les dire. Ça me démange de gratter ma guitare.

Je m'affairais dans la cuisine, Ben ne disant pas grand-chose ; il était seulement assis à jouer tout doucement ces airs de country, qui vous donnent envie de rire et parfois de pleurer.

— Tu sais, Ben, dis-je en découpant la dinde froide, je me demande si tu as vraiment du chagrin.

Ben sourit, comme il sait faire.

— Du chagrin ? Non, pas vraiment, mais j'aurais pu être plus gentil. Plus gentil, c'est tout.

Je pensai à maman et l'aspect triste que je n'avais pas su trouver pendant la journée vint tout à coup me serrer la gorge.

— Nous allons continuer mieux qu'avant, dis-je. Et je citai maman comme je ne l'aurais jamais cru possible, « c'est le mieux qu'il nous reste à faire ».

Sur ce, j'allai retirer la soupe de pois du feu.

— C'est étrange, n'est-ce pas, dit Ben, ce sentiment que quelque chose est mort et que tu es libre, puis tu le retrouves au fond de tes tripes qui se moque de toi. Par exemple, je n'ai pas le sentiment que papa soit vraiment mort. Il est là, quelque part au fond de moi, en train d'observer ce qui se passe. Avec un large sourire.

— C'est peut-être ça qu'il y a de bien, dis-je, en sachant soudainement que tel pouvait bien être le cas. Ce quelque chose qu'on n'a jamais à fuir. Qui reste avec soi et, du coup, si on va quelque part, ce n'est pas fuir. C'est seulement grandir.

Ben me sourit et j'allai appeler les parents. Le souper fut en quelque sorte un repas tranquille, avec tout ce qu'il faut de jambon et de dinde froide. On parla de mon travail à la compagnie d'assurances et je réussis même à faire rire Mrs Mayfair en lui parlant de mon patron, Mr Murray, et de ses cigares de farces et attrapes. Liz était presque fiancée, dit Mrs Prescott, et elle était l'ombre d'elle-même quand Barry n'était pas dans les parages. Pas un mot du vieux Mr Prescott.

Mrs Mayfair se gava de trois desserts, tout en répétant lorsque l'on fit circuler le gâteau au chocolat :

— Une lichette seulement. Juste une lichette !

— Pauvre Henrietta, dit Mrs Prescott en regardant son énorme belle-sœur engouffrer la crème glacée. C'est cette boulimie psychosomatique dont on parle tant C'est ce qui la pousse à manger comme ça.

Après le café, que Liz prépara avec du moulu et rien qu'à l'odeur on sentait comme il était bon, il y eut un petit silence embarrassé. Maman continuait à lever sa tasse pour boire à petites gorgées, mais je voyais bien qu'elle l'avait déjà fini. Liz s'était remise à fumer et un petit nuage gris l'enveloppait. Quant à Ben, il faisait un avion avec une serviette en papier.

— Eh bien, dit Mrs Prescott en s'éclaircissant la gorge, je crois que je vais maintenant me rendre à la chapelle ardente avec Henrietta. Comprends-moi, Agnès, je ne suis pas vieux jeu sur le sujet. Il était dit clairement pas de fleurs et que personne n'est obligé de venir. C'est seulement qu'il y a plusieurs collègues de papa qui comptent là-dessus.

— Je viens, dit maman fermement.

— Les enfants n'y vont pas, dit Mrs Prescott. Ils en ont déjà assez.

— Barry va venir tout à l'heure, dit Liz. Il faut que je nettoie tout ça.

— Je vais faire la vaisselle, proposai-je, sans regarder maman. Ben m'aidera.

— Eh bien, c'est réglé pour tout le monde, je suppose.

Mrs Prescott aida Mrs Mayfair à se lever et maman saisit son autre bras. Je les ai vues en dernier qui soutenaient Mrs Mayfair descendant les marches à reculons, soufflant fort. C'était, disait celle-ci, la seule façon pour elle de bien descendre, sans tomber.

Superman et la nouvelle tenue de Paula Brown

L'année où la guerre commença, j'étais en classe de cinquième au lycée Annie F. Warren de Winthrop, et c'est cet hiver-là que j'ai gagné le prix du meilleur dessin de pancartes pour la Protection civile. Ce fut aussi l'hiver de la nouvelle tenue de neige de Paula Brown, et aujourd'hui encore, treize ans plus tard, je me souviens des couleurs changeantes de ces jours-là, claires et bien précises comme dans un kaléidoscope.

J'habitais en ville, avenue Johnson, sur la baie, en face de l'aéroport Logan, et avant d'aller au lit, tous les soirs, je m'agenouillais à la fenêtre de ma chambre, côté ouest, et contemplais les lumières de Boston qui étincelaient et clignotaient au loin, par-delà l'eau qui s'assombrissait. Le coucher de soleil brandissait son drapeau rose au-dessus de l'aéroport et le bruit des vagues se perdait dans le vrombissement perpétuel des avions. Je m'émerveillais devant les balises mobiles sur le tarmac et observais, jusqu'à ce que l'obscurité recouvrît tout, les éclairs rouges et verts des feux qui s'élevaient et traversaient le ciel comme des étoiles filantes. L'aéroport était ma Mecque, ma Jérusalem. Je passais mes nuits à rêver de vol.

C'était aussi le temps de mes rêves en technicolor. Maman pensait que j'avais besoin de beaucoup de sommeil, aussi n'étais-je jamais vraiment fatiguée quand j'allais au lit. C'était le meilleur moment de la journée ; je pouvais m'allonger dans le flou crépusculaire et me laisser glisser dans le sommeil, fabriquant dans ma tête des rêves comme ils doivent être. Mes rêves de vol étaient aussi crédibles qu'un Paysage de Dalí, d'une telle réalité que je me réveillais en sursaut, le souffle coupé, avec l'impression d'être tombée du ciel, comme Icare, pour me retrouver juste à temps sur la douceur de mon lit.

Ces aventures spatiales nocturnes commencèrent lorsque Superman se mit à envahir mes rêves et à m'apprendre à voler. Il arrivait en vrombissant dans son costume bleu et brillant et sa cape qui sifflait dans le vent ; il ressemblait étonnamment à mon oncle Frank qui vivait avec maman et moi. Dans le bruissement magique de sa cape, j'entendais les ailes d'une centaine de goélands, les moteurs d'un millier d'avions.

Je n'étais pas la seule adoratrice de Superman dans notre quartier. David Sterling, un garçon pâle et studieux qui habitait au bout de la rue, partageait ma passion pour la poésie pure de la navigation aérienne. Tous les soirs, avant le dîner, nous écoutions Superman ensemble à la radio, et pendant la journée nous fabriquions nos propres aventures sur le chemin de l'école.

Le lycée Annie F. Warren, un bâtiment de briques rouges, était situé en retrait de la grand-route sur une rue goudronnée noire et était entouré de terrains de jeux arides recouverts de gravier. Du côté du parking, David et moi tenions le cadre parfait pour nos mises en scène de Superman. La minable entrée de service de l'école était enfouie au bout d'un long passage qui était le lieu rêvé pour des captures surprises et de soudaines délivrances.

Pendant la récréation, David et moi faisions bande à part. Nous nous désintéressions des garçons qui jouaient au base-ball sur la cour de gravier et des filles qui gloussaient en se renvoyant la balle dans le vallon. Nos jeux avec Superman faisaient de nous des hors-la-loi tout en nous donnant un sentiment de supériorité délirant. Nous trouvâmes même du renfort pour jouer le méchant en la personne de Sheldon Fein, un garçon au teint olivâtre toujours accroché aux jupes de sa mère. Il habitait dans le même bloc que nous mais il n'était pas admis dans les jeux des autres parce qu'il se mettait à pleurer chaque fois que quelqu'un le touchait et trouvait toujours le moyen de tomber et d'écorcher ses gros genoux.

Au début, nous avions dû forcer Sheldon à jouer son rôle, mais bientôt il n'eut pas son pareil pour inventer des tortures et les exécutait même en privé, bien au-delà des limites du jeu. Il aimait arracher les ailes des mouches, les pattes des sauterelles, et garder les insectes mutilés dans un pot caché sous son lit d'où il pouvait les extraire pour les regarder se débattre. David et moi ne jouions jamais avec Sheldon, en dehors de la récréation. Après l'école, nous l'abandonnions à sa maman, à ses bonbons et à ses malheureux insectes.

À cette époque, mon oncle Frank habitait chez nous en attendant d'être appelé sous les drapeaux et j'étais convaincue de son extraordinaire ressemblance avec Superman incognito. David ne percevait pas la ressemblance aussi clairement, mais il reconnaissait qu'oncle Frank était l'homme le plus costaud qu'il ait jamais vu et qu'il connaissait quantité de tours comme de faire disparaître des caramels sous des serviettes ou marcher sur les mains.

Cet hiver-là, la guerre fut déclarée, et je me vois encore assise près de la radio avec maman et oncle Frank, sentant planer dans l'air un étrange pressentiment. Ils parlaient à voix basse et grave, d'avions et de bombes allemandes. Oncle Frank dit quelque chose à propos des Allemands d'Amérique qu'on jetterait en prison pour la durée de la guerre, et maman ne cessait de répéter à propos de papa :

— Je suis seulement contente qu'Otto n'ait pas vécu assez longtemps pour voir ça. Je suis seulement contente qu'Otto n'ait pas vécu assez longtemps pour voir qu'on en viendrait à ça.

À l'école, on s'est mis à dessiner des pancartes pour la Protection civile et c'est à cette occasion que j'ai battu Jimmy Lane, du même pâté de maisons, pour le prix de la classe de cinquième. De temps à autre, nous faisions des exercices d'alerte en cas de raid aérien. La sirène retentissait, nous prenions nos manteaux et nos crayons et nous descendions en file indienne les escaliers branlants ; au sous-sol, nous prenions place à l'endroit qui nous était réservé suivant la couleur de nos rubans, puis nous nous mettions un crayon entre les dents pour éviter de nous mordre la langue par mégarde sous l'effet des bombes. Quelques petits des classes primaires pleuraient parce qu'il faisait sombre dans la cave, avec seulement les ampoules nues sur le plafond de pierre noire et froide.

La menace de guerre s'infiltrait partout. À la récréation, Sheldon devint un nazi et apprit à faire le pas de l'oie en allant voir des films, mais son oncle Macy était en Allemagne pour de vrai, et Mrs Fein devint de plus en plus pâle et maigre parce qu'elle avait entendu dire que Macy était prisonnier, puis plus rien.

L'hiver s'éternisa, avec toujours un vent d'est humide qui venait de l'océan, et la neige qui a fondu avant qu'on en ait assez pour faire des glissades. Un vendredi après-midi, juste avant Noël, Paula Brown fêtait, comme chaque année, son anniversaire, et j'étais invitée avec tous les enfants de notre pâté de maisons. Paula habitait en face de chez Jimmy Lane, sur Somerset Terrace, et dans notre quartier personne ne l'aimait vraiment parce qu'elle était autoritaire et prétentieuse avec sa peau claire, ses longues nattes rousses et ses yeux bleus transparents.

Elle nous accueillit à la porte de sa maison dans une robe d'organdi blanc, ses cheveux en anglaises noués avec un ruban de satin. Avant de pouvoir nous installer à table pour le gâteau d'anniversaire et la glace, il nous fallut d'abord voir tous ses cadeaux. Il y en avait des quantités parce que c'était à la fois pour son anniversaire et pour Noël.

De tous ses cadeaux, le préféré de Paula était la nouvelle tenue de neige qu'elle enfila pour nous. C'était une tenue bleu clair qui était arrivée de Suède dans une boîte argent, nous dit-elle. Le devant de la veste était tout brodé de roses blanches et roses et d'oiseaux bleus, les jambes avaient aussi des bandes brodées. Elle avait même un petit béret en angora blanc et des moufles assorties.

Après les desserts, en fin d'après-midi, le père de Jimmy Lane nous emmena tous au cinéma pour l'occasion. Maman s'était renseignée : le film présenté était *Blanche-Neige*, aussi m'avait-elle laissée y aller ; mais elle ne s'était pas rendu compte qu'on passait à la même séance un film de guerre.

Le film racontait l'histoire de prisonniers tombés aux mains des Japonais et que l'on torturait en les privant d'eau et de nourriture. Nos jeux de guerre et les émissions à la radio, c'était de la comédie, mais là c'était vrai, ça se passait vraiment. Je me bouchai les oreilles pour ne pas entendre les gémissements des hommes qui mouraient de faim et de soif, mais j'étais incapable de quitter l'écran des yeux.

Les prisonniers arrachèrent une poutre de charpente et parvinrent à défoncer le mur pour accéder à la fontaine dans la cour ; mais au moment même où le premier homme toucha l'eau, les Japonais ouvrirent le feu pour tuer les prisonniers, puis les piétinaient, et riaient. J'étais assise au bord de l'allée ; je me levai précipitamment et courus jusqu'aux toilettes pour femmes où je m'agenouillai devant la cuvette des W-C et vomis le gâteau et la crème glacée.

Une fois couchée, ce soir-là, dès que je fermais les yeux, le camp de prisonniers reprenait vie dans ma tête et, à nouveau, les hommes gémissants défonçaient les murs et, à nouveau, ils se faisaient descendre en arrivant à la fontaine. J'eus beau penser de toutes mes forces à Superman avant de m'endormir, aucun héros défenseur bleu ne descendait en trombe dans une céleste colère pour écraser les hommes jaunes qui envahissaient mes rêves. Quand je me réveillai le lendemain, mes draps étaient tout trempés de sueur.

Le samedi, il faisait un froid mordant, et le ciel était gris, brouillé par la menace d'une chute de neige. Cet après-midi-là, je rentrais du magasin à la maison en repliant mes doigts frigorifiés dans mes moufles lorsque je vis deux enfants qui jouaient à chat perché devant la maison de Paula Brown.

Paula s'arrêta au beau milieu du jeu pour me lancer un regard froid.

— Il nous faut quelqu'un d'autre, dit-elle. Tu veux jouer ?

Alors, elle me toucha à la cheville et je me mis à sautiller, jusqu'à ce qu'enfin j'attrape Sheldon Fein alors qu'il se penchait pour attacher l'une de ses bottes fourrées. Un précoce dégel avait fait fondre la neige dans la rue, et la chaussée goudronnée était couverte du sable déversé par les camions. Devant la maison de Paula, une voiture avait laissé échapper une nappe d'huile qui formait une tache noire et luisante.

Nous courions dans la rue, pour nous rabattre sur les pelouses brunes et gelées, lorsque celui qui « y » était se rapprochait trop près. Jimmy Lane sortit de sa maison et resta à nous regarder un court instant, puis il se joignit à nous. Chaque fois que c'était lui qui « y » était, il poursuivait Paula dans son costume bleu clair et elle hurlait d'une voix stridente tout en le cherchant du regard de ses grands yeux limpides, et il se débrouillait toujours pour l'attraper.

Seulement une fois elle oublia de regarder devant elle et, au moment où Jimmy s'apprêtait à la toucher, elle glissa dans la tache d'huile. Nous restâmes tous cloués sur place, quand elle tomba sur le côté, comme si nous jouions aux statues. Personne ne dit mot, et pendant une minute il n'y eut que le bruit des avions de l'autre côté de la baie. La lumière verdâtre de la fin d'après-midi se refermait sur nous, froide et définitive comme un volet.

La belle tenue de Paula était toute barbouillée d'huile noire sur le côté. Ses mitaines d'angora ruisselaient comme le pelage d'un chat noir. Lentement, elle s'assit et nous regarda, plantés autour d'elle, comme si elle cherchait quelque chose. Puis, soudain, ses yeux s'arrêtèrent sur moi.

— C'est toi, dit-elle délibérément, me pointant du doigt. C'est toi qui m'as poussée.

Il y eut une nouvelle seconde de silence, puis Jimmy Lane se retourna contre moi.

— C'est toi, dit-il en narguant. C'est toi qui l'as fait !

Sheldon, Paula, Jimmy et les autres me firent face, une joie étrange au fond des yeux.

— C'est ta faute, c'est toi qui l'as poussée, disaient-ils.

Et j'avais beau crier : « C'est pas moi ! », tous s'avançaient vers moi en chantant à l'unisson : « Si, c'est toi, si, c'est bien toi, on t'a vue. » Dans le cercle de visages qui fondaient sur moi, je ne voyais aucun secours, et je commençai à me demander si Jimmy avait poussé Paula, ou si elle était tombée toute seule, je n'en étais pas sûre. Je n'en étais pas sûre du tout.

Je passai lentement devant eux pour rentrer à la maison, bien décidée à ne pas courir, mais lorsque je les eus laissés derrière moi, je sentis le choc sourd et brutal d'une boule de neige sur mon épaule gauche, puis d'une autre. Je hâtai le pas et tournai à l'angle de chez Kelly. Devant se trouvait ma maison couverte de bardeaux brun foncé et, à l'intérieur, maman et oncle Frank en permission. Je me mis à courir dans le soir gris et froid en direction des carrés de lumière vive que dessinaient les fenêtres de la maison.

Oncle Frank m'accueillit à la porte.

— Comment va mon petit soldat préféré ? demanda-t-il.

Et il me lança si haut en l'air que ma tête effleura le plafond. Il y avait dans sa voix des trésors d'affection, où se noyèrent les hurlements dont l'écho se répétait dans mes oreilles.

— Très bien, mentis-je et il me fit une petite démonstration de jiu-jitsu au salon en attendant que maman nous appelle pour le dîner.

Des bougies étaient disposées sur la nappe blanche et des flammes miniatures dansaient sur l'argenterie et les verres. Je voyais une autre pièce se refléter dans les vitres obscures de la salle à manger, une pièce où des gens parlaient et riaient, à l'abri dans un cocon de lumière, unis par son indestructible brillance.

Tout à coup, on sonna à la porte et maman se leva pour aller répondre. J'entendis la voix haute et claire de David Sterling dans l'entrée. De la porte ouverte venait un courant d'air froid, mais maman et lui continuaient à parler, et il n'entrait pas... Lorsqu'elle regagna la table, le visage de maman était triste.

— Pourquoi ne m'as-tu rien dit ? demanda-t-elle. Pourquoi ne m'as-tu pas dit que tu avais poussé Paula dans la boue et abîmé sa nouvelle tenue de neige ?

Une bouchée de pudding au chocolat me resta en travers de la gorge, épaisse et amère. Je dus la faire descendre avec du lait.

— C'est pas moi, dis-je enfin.

Mais les paroles avaient du mal à sortir de ma bouche, petites graines desséchées, creuses et sonnant faux. J'essayai de nouveau.

— C'est pas moi, c'est Jimmy Lane.

— Nous te croyons, naturellement, dit maman lentement, mais tout le quartier ne parle que de ça. Mrs Sterling le tenait de Mrs Fein et elle a envoyé David nous dire qu'il nous faudrait acheter une nouvelle tenue à Paula. Je n'y comprends rien.

— Ce n'est pas moi, répétai-je, et le sang se mit à battre dans mes tempes comme un tambour détendu.

Je repoussai ma chaise, sans regarder oncle Frank ni maman qui étaient assis là, graves et affligés dans la lumière des bougies.

L'escalier qui conduisait à l'étage était sombre, mais je parcourus le long couloir qui menait à ma chambre sans allumer et refermai la porte. Une petite lune nouvelle dessinait sur le sol des carrés de lumière verdâtre, et les vitres de la fenêtre étaient bordées de givre.

Je me jetai rageusement sur mon lit et restai allongée là, les yeux secs et brûlants. Au bout d'un moment, j'entendis oncle Frank monter l'escalier puis frapper à ma porte. Comme je ne répondais pas, il entra et s'assit sur mon lit. Je voyais la solide charpente de ses épaules se découper sur le clair de lune, mais l'obscurité noyait ses traits.

— Raconte-moi, chérie, dit-il d'une voix très douce, raconte-moi. Tu n'as aucune raison d'avoir peur. Nous comprendrons. Dis-moi seulement ce qui s'est passé. Tu n'as jamais rien eu à me cacher, tu le sais. Raconte-moi simplement comment ça s'est passé.

— Je te l'ai dit, je t'ai raconté ce qui est arrivé, c'est comme ça, je n'y peux rien. Même pour toi, je ne peux rien y changer.

Il soupira et se leva.

— D'accord, chérie, dit-il à la porte. D'accord, mais nous allons tout de même payer une nouvelle tenue pour que tout le monde soit content, et dans dix ans personne n'y pensera plus.

La porte se referma derrière lui et j'entendis le bruit de ses pas, de plus en plus faibles, s'éloigner dans le couloir. Je restai allongée, seule, dans mon lit, avec le sentiment que l'ombre noire rampait sous le monde comme une marée. Rien ne tenait, rien n'y échappait. Les avions argentés et les capes bleues se dissipèrent et s'évanouirent, effacés comme les dessins maladroits d'un enfant à la craie de couleur sur le gigantesque tableau noir des ténèbres. C'est cette année-là que la guerre commença, et le vrai monde, et la différence.

Dimanche chez les Minton

Ah si seulement Henry n'était pas aussi pointilleux, soupira Elizabeth Minton en redressant une carte sur le mur du cabinet de travail de son frère. Si suprêmement pointilleux. Un instant, elle s'appuya, songeuse, sur le bureau d'acajou, ses doigts flétris, veinés de bleu, étalant leur pâleur sur le sombre bois verni.

En cette fin de matinée, la lumière du soleil se répandait en carrés pâles sur le sol et les particules de poussière flottaient, baignées d'air lumineux. Elle voyait par la fenêtre le miroitement plat de l'océan vert de septembre qui s'incurvait bien au-delà de la ligne brouillée de l'horizon.

Par beau temps, si les fenêtres étaient ouvertes, elle entendait le flux des vagues. L'une s'écrasait et reculait en glissant, puis une autre, et une autre. La nuit, parfois, quand elle s'attardait dans un demi-éveil, sur le point de sombrer dans le sommeil, elle entendait les vagues, puis le vent se levait dans les arbres et bientôt elle ne pouvait plus distinguer un bruit de l'autre de sorte que, pour autant qu'elle sache, l'eau pouvait bien lécher le feuillage, ou les feuilles tomber doucement et s'éloigner dans le ressac.

— Elizabeth.

La voix de Henry retentit, grave et sinistre, dans le vestibule caverneux.

— Oui, Henry ? répondit humblement Elizabeth à son frère aîné.

Maintenant qu'ils habitaient tous deux de nouveau la vieille maison, maintenant qu'elle veillait une fois de plus aux besoins de Henry, elle s'imaginait parfois petite fille, soumise et docile, comme autrefois.

— As-tu fini de ranger le bureau ?

Henry était dans le couloir. Son pas lent et pesant résonna de l'autre côté de la porte. D'un geste nerveux, Elizabeth porta sa main fine à sa gorge et effleura, comme pour s'assurer qu'elle était toujours là, la broche d'améthyste de sa mère, qu'elle portait toujours épinglée au col de sa robe. Elle parcourut du regard la pièce sombre. Oui, elle avait pensé à épousseter les abat-jour. Henry ne supportait pas la poussière.

Elle contempla Henry qui se tenait maintenant sur le pas de la porte. Dans la faible lumière, elle distinguait mal ses traits, son visage était indistinct, rond et sombre, sa silhouette massive se fondait dans l'obscurité du couloir. Regardant furtivement la forme indistincte de son frère, Elizabeth éprouva un étrange plaisir à l'observer sans ses lunettes. Il était toujours tellement net, tellement précis, et là, pour une fois, il se trouvait complètement noyé dans l'obscurité.

— Encore à rêvasser, Elizabeth ? reprocha tristement Henry en détectant dans ses yeux le regard lointain si caractéristique.

Ça s'était toujours passé ainsi entre eux : Henry sortait et la trouvait en train de lire dans le jardin sous le massif de roses, ou en train de construire des châteaux de sable près de la digue, et il lui disait que Mère avait besoin d'aide dans la cuisine, ou qu'il fallait astiquer l'argenterie.

— Non, Henry, dit Elizabeth en se redressant de toute sa petite taille. Non, Henry, pas du tout. Je m'apprêtais à mettre le poulet au four.

La manière dont elle passa devant son frère pouvait suggérer un rien d'indignation.

Henry suivit sa sœur du regard tandis que ses talons cliquetaient discrètement jusqu'à la cuisine, sa jupe lavande dansant autour de ses jambes avec un soupçon alarmant d'impertinence. Elle n'avait jamais eu le sens pratique, Elizabeth, mais du moins avait-elle toujours été docile. Et maintenant ça... cette attitude proche du défi, qui se répétait si souvent ces derniers temps. En vérité, depuis qu'il avait pris sa retraite et qu'elle était venue vivre avec lui. Henry secoua la tête.

À l'office, Elizabeth s'affairait avec la porcelaine et l'argenterie, mettait le couvert pour le repas du dimanche, empilait quantité de raisin et de pommes sur le plat en cristal taillé pour le centre de table, versait de l'eau glacée dans les hauts gobelets vert pâle.

Elle s'affairait dans l'ombre de l'austère salle à manger, légère silhouette violette dans le demi-jour des portières tirées. C'était ainsi que sa mère se mouvait voilà des années... quand était-ce ? Il y avait combien de temps ? Elizabeth avait perdu la notion du temps. Mais Henry pourrait le lui dire. Henry se rappellerait le jour exact, l'heure même de la mort de Mère. Pour ce genre de choses, Henry était d'une scrupuleuse précision.

Assis pour le repas en tête de table, Henry inclina la tête et dit les grâces de sa voix grave, laissant les mots venir en un roulement riche et rythmé de chant biblique. Mais à l'instant même où Henry en venait au « amen », Elizabeth sentit une odeur de brûlé. Elle pensa avec malaise aux pommes de terre.

— Henry, les pommes de terre !

Elle bondit de sa chaise et se précipita à la cuisine, où les pommes de terre carbonisaient lentement dans le four. Elle éteignit le gaz et les déposa sur le plan de travail, non sans en avoir fait tomber une par terre qui avait brûlé ses doigts fins et délicats.

— Ce n'est que la peau, Henry. Elles seront parfaites, lança-t-elle en direction de la salle à manger.

Elle entendit un ronflement de contrariété. Henry se faisait toujours un tel plaisir à l'idée de manger ses pommes de terre en robe des champs avec le beurre dessus.

— Je vois que tu n'as pas changé au cours de toutes ces années, Elizabeth, dit-il d'un ton moralisateur quand elle regagna la salle à manger avec le plat de pommes de terre brûlées.

Elizabeth s'assit en fermant ses oreilles aux remontrances de Henry. Elle savait parfaitement qu'il allait se lancer dans un long sermon de reproche. Sa voix était dégoulinante de pieuse remontrance, comme du beurre fondu en grosses gouttes dorées.

— Parfois, Elizabeth, tu me surprends, poursuivit Henry, qui peinait à découper un morceau de poulet particulièrement récalcitrant. Je me demande comment tu as réussi à te débrouiller pendant toutes ces années où tu travaillais seule à la bibliothèque municipale, entre tes rêvasseries et tout le reste.

Elizabeth pencha silencieusement la tête vers son assiette. Il valait mieux penser à autre chose pendant que Henry y allait de sa leçon. Quand elle était petite, elle avait pris l'habitude de se boucher les oreilles pour ne pas entendre le son de sa voix quand il la rappelait au devoir, exécuteur persévérant des consignes de Mère. Mais désormais il lui semblait tout simple de se soustraire discrètement à la censure de Henry en se laissant dériver dans son univers secret, à rêver et à méditer sur tout ce qui lui passait par la tête. En l'occurrence, elle se souvint de la façon délicieuse qu'avait l'horizon de se mêler au bleu du ciel, au point que — pour autant qu'elle sût — l'eau pouvait bien se diluer dans l'air, ou l'air s'épaissir, se figer, se métamorphoser en eau.

Ils mangèrent en silence. Elizabeth bougeait de temps à autre pour débarrasser des plats, remplir d'eau le verre de Henry, aller chercher à la cuisine les coupes de mûres à la crème. Dans ses allées et venues, sa jupe lavande effleurait en froufroutant l'austère mobilier ciré, et elle eut l'étrange sensation qu'elle se fondait en une autre, sa mère peut-être. Quelqu'un qui serait capable et diligent dans les tâches ménagères. Étrange, étrange qu'après toutes ces années d'indépendance, elle se retrouve de nouveau avec Henry, encore une fois cernée par les obligations domestiques.

Elle contempla alors son frère penché sur son dessert, qui enfournait cuillerée sur cuillerée de mûres à la crème dans sa bouche caverneuse. Il était intégré à l'ombre diaphane et voilée de la salle à manger, pensa-t-elle, et elle aimait à le voir ainsi assis, dans le crépuscule artificiel, quand elle savait qu'au-delà des stores fermés, le soleil resplendissait, précis et brillant.

Elizabeth s'attarda à laver la vaisselle du déjeuner tandis que Henry regagnait son bureau pour se plonger dans quelques-unes de ses cartes. Rien ne lui plaisait davantage que les graphiques et les calculs, songea Elizabeth, les mains jouant dans l'eau chaude savonneuse tandis que, par la fenêtre de la cuisine, son regard fixait l'éclat scintillant de la mer au loin. Déjà, quand ils étaient petits, Henry passait son temps à faire des graphiques et des cartes, à copier son livre de géographie, à tracer des réductions à l'échelle, tandis qu'elle rêvait sur les images de montagnes et de fleuves aux drôles de noms étrangers.

Dans les profondeurs de l'évier, l'argenterie bousculait à l'aveugle le cristal dans un crescendo de tintements discrets. Elizabeth plongea les dernières assiettes dans l'eau savonneuse et les regarda s'incliner puis sombrer vers le fond. Quand elle aurait fini, elle rejoindrait Henry au salon, et ils liraient ensemble pendant un moment, à moins qu'ils n'aillent se promener. Henry trouvait l'air frais si revigorant.

Avec quelque rancœur, Elizabeth se rappela toutes les longues journées qu'elle avait passées au lit quand elle était petite. Elle avait été une enfant fragile, pâlichonne, et Henry venait toujours la voir avec son visage rose et rond, épanoui, rayonnant de vigueur.

L'heure viendrait, pensa Elizabeth, comme tant de fois auparavant, où elle tiendrait tête à Henry et lui dirait sa façon de penser. Elle ne savait pas exactement quoi, mais ce serait terrible, écrasant. Quelque chose, elle en était sûre, d'extrêmement irrespectueux et frivole. Et alors, pour une fois, elle verrait Henry déconcerté, Henry troublé, s'agiter, impuissant, à court de mots.

Souriant intérieurement, le visage illuminé de satisfaction intime, Elizabeth rejoignit Henry, qui consultait un volume de cartes au salon.

— Viens ici, Elizabeth, ordonna-t-il en tapotant

le canapé à côté de lui. J'ai trouvé une carte des États de la Nouvelle-Angleterre des plus intéressantes. Je tiens à ce que tu la voies.

Sagement, Elizabeth alla s'asseoir à côté de son frère. Tous deux passèrent un moment sur le sofa, l'encyclopédie entre eux, à examiner attentivement les pages brillantes avec leurs cartes des États et des comtés rose pâle, bleues et jaunes. Tout à coup, Elizabeth aperçut un nom familier au beau milieu du Massachusetts.

— Une minute ! s'écria-t-elle. Laisse-moi regarder tous les endroits où j'ai été. Ici — du doigt, elle traça une ligne en travers de la page de l'ouest de Boston jusqu'à Springfield — et puis là-haut — son doigt glissa vers le coin de l'État de North Adams — puis juste au-dessus de la frontière, dans le Vermont, pour rendre visite à cousine Ruth. Quand était-ce ? Au printemps dernier...

— La semaine du 6 avril, rappela Henry.

— Ah oui, bien sûr. Tu sais, dit-elle, je n'ai jamais songé à la direction dans laquelle j'allais sur la carte... vers le haut, vers le bas, ou en travers.

Henry considéra sa sœur avec consternation.

— Vraiment jamais ? soupira-t-il, incrédule. Tu veux dire que tu ne te demandes jamais si tu te diriges vers le nord ou le sud, l'est ou l'ouest ?

— Non, riposta Elizabeth. Jamais. Je n'en ai jamais vu l'intérêt.

Elle pensait alors au bureau de son frère, aux murs couverts de grandes cartes soigneusement dessinées, méticuleusement annotées. Dans sa tête, elle voyait les contours noirs tracés avec application et la légère couche de bleu bordant les continents. Il y avait aussi des symboles, se souvenait-elle. Des touffes d'herbe stylisées pour indiquer les marais et des taches vertes pour les parcs.

Elle s'imagine en promenade, toute minuscule, escaladant les contours finement tracés pour ensuite redescendre, traversant péniblement l'ovale bleu et peu profond des lacs, se frayant un passage au milieu des mottes d'herbes raides et symétriques des marais.

Puis elle se vit une boussole ronde à cadran blanc à la main. L'aiguille tournoyait, tremblotait, indiquait toujours le nord, où qu'elle se tournât. L'implacable exactitude du mécanisme l'irrita.

Henry continuait à l'observer d'un air choqué. Elle remarqua que ses yeux étaient très froids et très bleus, comme les eaux de l'Atlantique sur la carte de l'encyclopédie. De fines lignes noires rayonnaient autour de la pupille. Elle vit la petite frange noire des cils devenir soudain distincte et claire. Henry savait où était le nord, pensa-t-elle avec désespoir. Il savait précisément où se trouvait le nord.

— En vérité, je ne pense pas que la direction importe tellement. L'important, c'est où on va, déclara-t-elle d'un ton irrité. Je veux dire, tu penses vraiment tout le temps à la direction dans laquelle tu vas ?

La pièce elle-même parut prendre ombrage de pareille insolence. Elizabeth, elle en était sûre, avait vu les chenets se raidir et, au-dessus de la cheminée, la tapisserie bleue avait nettement pâli. La grande horloge la regardait bouche bée, muette avant le prochain tic de réprobation.

— Bien sûr, je pense à l'endroit où je vais sur la carte, affirma Henry d'un ton assuré tandis que ses joues s'empourpraient. Je commence toujours par repérer mon trajet, et puis j'emporte une carte avec moi pour suivre mon itinéraire.

Elizabeth le voyait maintenant, joyeusement campé au matin sur la surface plane d'une carte, attendant que le soleil veuille bien se lever à l'est. (Il savait exactement où se trouvait l'est.) Et non seulement ça, mais il savait aussi dans quelle direction soufflait le vent. Par quelque infaillible magie, il savait lire, sur sa boussole, dans quelle direction tournait le vent.

Elle se représentait Henry au centre de la carte, qui était divisée en quatre comme une tarte aux pommes sous le dôme bleu d'un bol. Les pieds rivés au sol, il faisait ses calculs, crayon et papier en main, pour vérifier que la Terre tournait bien comme prévu. De nuit, il observait le passage des constellations comme des horloges lumineuses et il les appelait gaiement par leur nom, comme pour saluer des parents ponctuels. Elle l'entendait presque rugir cordialement : « Ohé, Orion, salut vieux ! » Oh ! c'était absolument insupportable.

— J'imagine que c'est à la portée de n'importe qui, d'apprendre à se repérer, murmura enfin Elizabeth.

— Naturellement, répondit Henry, tout rayonnant devant son humilité. Je te prêterai même une carte pour que tu t'exerces.

Elizabeth demeura complètement immobile pendant que Henry tournait les pages de l'encyclopédie et étudiait des cartes auxquelles il trouvait un intérêt particulier. Elizabeth s'occupait à choyer, comme elle aurait fait pour un cher ami calomnié, le monde vague et imprécis dans lequel elle vivait. C'était un monde crépusculaire où, la nuit, la lune flottait par-dessus les arbres, frémissant ballon de lumière argentée ; les rayons bleuâtres vacillaient à travers le feuillage devant sa fenêtre, lâchant leurs motifs fluides et tremblants sur le papier peint de sa chambre. L'air même était un peu opaque, et les formes frémissaient et se fondaient les unes aux autres. Le vent soufflait en rafales douces et capricieuses, tantôt par-ci, tantôt par-là, venant de la mer ou de la roseraie (elle le savait à l'odeur d'eau ou des fleurs).

Elle tressaillit sous l'éclat bienveillant du sourire condescendant de Henry. Elle aurait voulu dire quelque chose de courageux et d'impudent, là, quelque chose qui troublerait l'effroyable sérénité de ses traits.

Une fois, se souvenait-elle, elle s'était aventurée à dire quelque chose de spontané et de fantasque... mais qu'était-ce ? Sur une envie de couper le crâne des gens comme un couvercle de théière et de lorgner dedans pour voir ce qu'ils pensaient. À ces mots, Henry s'était raidi, il s'était raclé la gorge et avait dit dans un soupir, comme s'il s'adressait à une enfant irresponsable, quelque chose du genre : « Et que penses-tu que tu trouverais à l'intérieur ? Certainement pas un jeu d'engrenages, ni des pensées empilées comme des liasses de papiers, étiquetées et attachées par un ruban ! » Et il avait souri de son humour pesant.

Non, bien sûr que non, lui avait répondu Elizabeth, abattue. Elle pensait maintenant à ce que ce serait dans sa tête : une pièce sombre et chaude, où dansent et vacillent des lumières de toutes les couleurs, comme autant de lanternes réfléchies dans l'eau, et des images fugitives sur les murs embrumés, des images suaves et estompées comme des toiles impressionnistes. Les couleurs seraient éclatées en petits fragments teintés, et le rose de la peau des dames serait celui des fleurs, et le bleu lavande des robes se mêlerait aux lilas. Et de quelque lieu secret s'élèverait doucement le son des violons et des cloches.

L'esprit de Henry, elle en était certaine, serait plat et uniforme, jonché d'instruments gradués sous la lumière crue du soleil… Il y aurait des rues géométriques et des places de béton, des édifices carrés et massifs munis d'horloges, toutes parfaitement à l'heure, parfaitement synchronisées. L'air serait épais de leur tic-tac exact.

Il y eut une soudaine éclaircie à l'extérieur et la pièce parut se dilater dans l'éclat de la lumière.

— Viens, ce sera un bel après-midi pour une promenade, dit Henry en se levant du canapé avec un sourire et en lui tendant une main forte et carrée.

Tous les dimanches après-midi, il avait l'habitude de l'emmener se promener sur le boulevard qui longeait l'océan. L'air vif de la mer, assurait-il, lui donnerait un coup de fouet vivifiant. Elle avait toujours le teint un peu pâlot, les joues un peu creuses.

Dans le souffle du vent, les cheveux gris d'Elizabeth se dénouaient et voletaient autour de son visage en un halo de mèches humides. Mais en dépit de la brise salubre, elle savait que Henry n'aimait pas la voir ébouriffée et qu'il était content de voir ses cheveux lissés en arrière dans son chignon habituel, qu'elle fixait par une longue épingle métallique.

Aujourd'hui, le temps était clair, encore chaud pour un début septembre, et Elizabeth sortit sous le porche avec une subite gaieté, son manteau de laine grise ouvert sur sa robe lavande. Au loin, elle apercevait un petit amas de nuages sombres qui pouvaient bien annoncer qu'une tempête se levait lentement à l'horizon. Ils étaient comme des petites grappes de raisin, les nuages pourpres, avec les mouettes chargeant comme des flocons blancs crémeux.

Plus bas, les vagues venaient se fracasser violemment contre la pierre qui servait de fondations aux planches : les grandes crêtes vertes demeuraient suspendues en une courbe de verre froid, veiné de bleu, puis, après un instant d'immobilité, s'écroulaient en une blanche houle d'écume, les nappes d'eau mordant la plage en fines feuilles de cristal étincelant.

Sa main en sécurité sur le bras de Henry, Elizabeth se sentait attachée, comme un ballon, sans danger exposé au vent. Respirant les souffles d'air frais, elle se sentait particulièrement légère, presque gonflée, comme si, à la première rafale un peu plus forte, elle allait s'élever et se balancer au-dessus des eaux.

Loin, très loin à l'horizon, les grappes de raisin enflaient, se dilataient ; le vent était bizarrement chaud et pressant. La lumière de septembre parut soudain diffuse et affaiblie.

— Henry, je crois qu'il va y avoir une tempête.

Henry dédaigna les nuages qui se perdaient dans le lointain.

— Absurde, dit-il d'un ton ferme, ça va s'éloigner. C'est ce mauvais vent.

C'était un mauvais vent. Soufflant par rafales capricieuses et subites, il chatouillait Elizabeth. Il ondoyait au bord de son jupon. Taquin, il lui soufflait une mèche de cheveux dans les yeux. Elle se sentait étrangement espiègle et joyeuse, secrètement ravie que le vent soit mauvais.

Henry s'arrêta à hauteur de la digue. Il sortit sa grosse montre en or de la poche de son gilet. La marée, disait-il, serait haute dans quinze minutes. À seize heures sept exactement. Ils la regarderaient depuis la vieille jetée qui surplombait les rochers.

Comme ils avançaient sur les planches de la jetée, qui craquaient et gémissaient sous leurs pas, Elizabeth sentit grandir l'euphorie. Par les interstices, elle apercevait l'eau verte et profonde lui lançant des clins d'œil. Les vagues tourmentées semblaient lui chuchoter quelque chose de mystérieux, quelque chose d'inintelligible, perdu dans le vacarme du vent. Elle sentit en un vertige les piliers couverts de mousse de la jetée qui vacillaient et grinçaient sous la force des flots.

— Ici, dit Henri en se penchant au-dessus de la rambarde à l'extrémité de la jetée, son classique costume bleu à rayures battant au gré du vent qui dressait ses cheveux soigneusement peignés sur le sommet de son crâne jusqu'à les faire vibrer, pointés vers le ciel, telles les antennes d'un insecte.

Elizabeth se pencha au-dessus de la rambarde à côté de son frère pour regarder les vagues battre les rochers. Sa jupe lavande ne cessait d'ondoyer et de fouetter ses jambes ; elle avait beau tenter de la retenir de ses doigts effilés et frêles, elle persistait à se relever comme par défi.

Quelque chose lui piquait la gorge. Machinalement, elle y porta la main et sentit sa broche en améthyste se défaire, lui glisser entre les doigts et tomber, tournoyant en rayons d'éclairs violets, pour atterrir, plus bas, sur les rochers, où elle étincelait avec malveillance.

— Henry ! cria-t-elle en s'agrippant à lui. Henry… la broche de maman ! Que vais-je faire ?

Du regard, Henry suivit la direction de sa main,

l'index anguleux tremblant pointé sur l'endroit où gisait la broche étincelante.

— Henry, insista-t-elle dans un demi-sanglot, il faut que tu ailles la chercher. Sinon, les vagues l'emporteront !

Henry lui tendit son chapeau melon noir et se montra soudain responsable et protecteur. Il se pencha au-dessus de la rambarde pour voir quel était le meilleur accès.

— N'aie pas peur, dit-il bravement, et le vent moqueur lui renvoya brusquement ses paroles, n'aie pas peur, il y a une sorte d'échelle. Je vais chercher ta broche.

Prudemment, adroitement, Henry commença sa descente. Il posa les pieds, l'un après l'autre, à l'angle des traverses de bois, avant de se laisser enfin glisser sur le sommet sec et moussu des rochers où il se dressa d'un air de triomphe. Légèrement plus bas, les vagues venaient se briser, se soulevaient et retombaient régulièrement avec de grands bruits sinistres dans les cavernes et les crevasses des grands rochers. S'assurant d'une main au barreau le plus bas de son échelle improvisée, Henry se pencha pesamment pour ramasser la broche. Il se courbait lentement, majestueusement, en soufflant un peu à cause de son copieux repas.

Elizabeth comprenait que la vague avait dû s'annoncer depuis un moment déjà, mais elle n'avait pas remarqué qu'elle était nettement plus haute que les autres. Pourtant elle était là, énorme masse d'eau verte à l'avancée lente, la courbe majestueuse, déferlant inexorablement, mue par quelque infaillible loi de la nature, s'approchant de Henry qui se redressait à ce moment, il allait sourire à sa sœur, la broche à la main.

— Henry, murmura-t-elle, extasiée d'horreur comme elle se penchait en avant pour voir la vague engloutir le rocher et déverser une trombe d'eau à l'endroit même où se tenait Henry, montant autour de ses chevilles et s'arrondissant en deux tourbillons à hauteur de ses genoux. Un long moment, Henry oscilla vaillamment, tel un colosse chevauchant la mer rugissante, tandis qu'une expression inhabituelle de surprise et de peine envahissait son visage pâle tourné vers elle.

Les bras de Henry battirent l'air comme deux hélices d'avion fou lorsqu'il sentit la mousse devenir glissante, se dérober sous ses souliers bien cirés et submergés, puis, avec un dernier regard d'impuissance, chancelant, maladroit, sans un mot, il bascula dans les profondeurs sombres de la vague suivante. Peu à peu apaisée, Elizabeth regardait les bras gesticulant se lever, couler et se dresser encore. Enfin la forme sombre s'apaisa, pour s'enfoncer lentement, couche après couche, dans l'obscurité toujours plus profonde de l'océan. La marée redescendait.

D'un air songeur, Elizabeth s'appuya sur la rambarde, son menton pointu posé au creux de ses mains veinées de bleu. Elle imaginait un Henry vert et aquatique qui se laissait tomber à travers des couches d'eau trouble comme un marsouin. Il y aurait des algues dans ses cheveux et de l'eau dans ses poches. Alourdi par sa montre en or ronde, par la boussole au cadran blanc, il irait toucher le fond de l'océan.

L'eau s'infiltrerait dans ses souliers et s'insinuerait dans les engrenages de sa montre jusqu'à ce que cesse le tic-tac. Après cela, inutile de la secouer, de la tapoter avec irritation, rien ne saurait plus remettre son mécanisme en mouvement. Même les rouages mystérieux et précis de la boussole rouilleraient, et Henry aurait beau la secouer, la fine aiguille tremblante demeurerait obstinément figée ; où qu'il se tourne, ce serait toujours le nord. Elle l'imagina qui flânait seul le dimanche après-midi, marchant d'un pas alerte dans la lumière verte et diffuse, tâtant avec curiosité les anémones de mer du bout de sa canne.

Puis elle songea à son bureau, avec toutes les cartes et les serpents de mer dessinés, pour l'ornement, en plein milieu de l'océan Atlantique ; à Neptune, trônant royalement sur une vague, le trident à la main, la couronne posée sur sa chevelure blanche malmenée par le vent. Tandis qu'elle méditait, les traits souverains de Neptune se brouillèrent, se gonflèrent, s'arrondirent, et là, tourné vers elle, elle vit le visage effrayé d'un Henry méconnaissable. Frissonnant sans son gilet, sans son costume à rayures, il était assis, recroquevillé, en claquant des dents sur la crête de la vague. Et comme elle l'observait, elle entendit un pathétique petit éternuement.

Pauvre Henry. Elle éprouvait de la pitié pour lui. Car qui allait veiller sur lui, là-bas, au milieu des créatures fuyantes et indolentes de la mer ? Qui l'écouterait parler de la manière dont la lune réglait les marées ou de la densité de la pression atmosphérique ? Elle pensa avec attendrissement que Henry n'avait jamais pu digérer les crustacés.

Le vent redoublait et la jupe d'Elizabeth se souleva de nouveau, ondoya, s'éleva en cloche, gonflée d'air. Elle vacilla dangereusement en lâchant la rambarde, alors qu'elle voulait retenir son jupon. Ses pieds décollèrent des planches, se reposèrent, puis se soulevèrent encore jusqu'à ce qu'elle s'élevât brusquement pour flotter au gré du vent au-dessus des vagues, vers le large, petite graine d'herbe folle couleur lavande.

Et ce fut la dernière fois que l'on aperçut Elizabeth Minton, qui s'amusait énormément à se laisser porter par le vent, vers le haut, tantôt d'un côté, tantôt de l'autre, sa robe lavande en harmonie avec le violet des lointains nuages. Son petit rire haut perché, triomphant, féminin, se mêlait au rire profond, gargouillant de Henry, que la marée descendante charriait en dessous d'elle.

L'après-midi s'ombrait de crépuscule. Soudain, Elizabeth sentit qu'on la tirait par le bras.

— Allez, Elizabeth, on rentre, dit Henry. Il se fait tard.

Elizabeth laissa échapper un soupir de soumission.

— J'arrive, répondit-elle.

COLLECTION FOLIO 2 €

Dernières parutions

4846. John Steinbeck — *Le meurtre* et autres nouvelles
4847. Anton Tchékhov — *Un royaume de femmes* suivi de *De l'amour*
4848. Voltaire — *L'Affaire du chevalier de La Barre* précédé de *L'Affaire Lally*
4875. Marie d'Agoult — *Premières années (1806-1827)*
4876. Madame de Lafayette — *Histoire de la princesse de Montpensier* et autres nouvelles
4877. Madame Riccoboni — *Histoire de M. le marquis de Cressy*
4878. Madame de Sévigné — *«Je vous écris tous les jours...» Premières lettres à sa fille*
4879. Madame de Staël — *Trois nouvelles*
4911. Karen Blixen — *Saison à Copenhague*
4912. Julio Cortázar — *La porte condamnée* et autres nouvelles fantastiques
4913. Mircea Eliade — *Incognito à Buchenwald...* précédé d'*Adieu !...*
4914. Romain Gary — *Les trésors de la mer Rouge*
4915. Aldous Huxley — *Le jeune Archimède* précédé de *Les Claxton*
4916. Régis Jauffret — *Ce que c'est que l'amour* et autres microfictions
4917. Joseph Kessel — *Une balle perdue*
4919. Junichirô Tanizaki — *Le pont flottant des songes*
4920. Oscar Wilde — *Le portrait de Mr. W. H.*
4954. Franz Bartelt — *Petit éloge de la vie de tous les jours*
4955. Roger Caillois — *Noé* et autres textes
4956. Casanova — *Madame F.* suivi d'*Henriette*
4957. Henry James — *De Grey, histoire romantique*
4958. Patrick Kéchichian — *Petit éloge du catholicisme*
4959. Michel Lermontov — *La princesse Ligovskoï*
4960. Pierre Péju — *L'idiot de Shanghai* et autres nouvelles

4961. Brina Svit — *Petit éloge de la rupture*
4962. John Updike — *Publicité* et autres nouvelles
5010. Anonyme — *Le Petit-Fils d'Hercule. Un roman libertin*
5011. Marcel Aymé — *La bonne peinture*
5012. Mikhaïl Boulgakov — *J'ai tué* et autres récits
5013. Arthur Conan Doyle — *L'interprète grec* et autres aventures de Sherlock Holmes
5014. Frank Conroy — *Le cas mystérieux de R.* et autres nouvelles
5015. Arthur Conan Doyle — *Une affaire d'identité* et autres aventures de Sherlock Holmes
5016. Cesare Pavese — *Histoire secrète* et autres nouvelles
5017. Graham Swift — *Le sérail* et autres nouvelles
5018. Rabindranath Tagore — *Aux bords du Gange* et autres nouvelles
5019. Émile Zola — *Pour une nuit d'amour* suivi de *L'Inondation*
5060. Anonyme — *L'œil du serpent. Contes folkloriques japonais*
5061. Federico García Lorca — *Romancero gitan* suivi de *Chant funèbre pour Ignacio Sanchez Mejías*
5062. Ray Bradbury — *Le meilleur des mondes possibles* et autres nouvelles
5063. Honoré de Balzac — *La Fausse Maîtresse*
5064. Madame Roland — *Enfance*
5065. Jean-Jacques Rousseau — *« En méditant sur les dispositions de mon âme... »* et autres *Rêveries* suivi de *Mon portrait*
5066. Comtesse de Ségur — *Ourson*
5067. Marguerite de Valois — *Mémoires 1569-1577* (extraits)
5068. Madame de Villeneuve — *La Belle et la Bête*
5069. Louise de Vilmorin — *Sainte-Unefois*
5120. Hans Christian Andersen — *La Vierge des glaces*
5121. Paul Bowles — *L'éducation de Malika*
5122. Collectif — *Au pied du sapin. Contes de Noël*
5123. Vincent Delecroix — *Petit éloge de l'ironie*
5124. Philip K. Dick — *Petit déjeuner au crépuscule* et autres nouvelles

5125. Jean-Baptiste Gendarme — *Petit éloge des voisins*
5126. Bertrand Leclair — *Petit éloge de la paternité*
5127. Alfred de Musset-George Sand — *« Ô mon George, ma belle maîtresse... » Lettres*
5128. Grégoire Polet — *Petit éloge de la gourmandise*
5129. Paul Verlaine — *L'Obsesseur* précédé d'*Histoires comme ça*
5163. Ryûnosuke Akutagawa — *La vie d'un idiot* précédé d'*Engrenage*
5164. Anonyme — *Saga d'Eiríkr le Rouge* suivi de *Saga des Groenlandais*
5165. Antoine Bello — *Go Ganymède!*
5166. Adelbert von Chamisso — *L'étrange histoire de Peter Schlemihl*
5167. Collectif — *L'art du baiser. Les plus beaux baisers de la littérature*
5168. Guy Goffette — *Les derniers planteurs de fumée*
5169. H. P. Lovecraft — *L'horreur de Dunwich*
5170. Léon Tolstoï — *Le Diable*
5184. Alexandre Dumas — *La main droite du sire de Giac* et autres nouvelles
5185. Edith Wharton — *Le miroir* suivi de *Miss Mary Pask*
5231. Théophile Gautier — *La cafetière* et autres contes fantastiques
5232. Claire Messud — *Les Chasseurs*
5233. Dave Eggers — *Du haut de la montagne, une longue descente*
5234. Gustave Flaubert — *Un parfum à sentir ou Les Baladins* suivi de *Passion et vertu*
5235. Carlos Fuentes — *En bonne compagnie* suivi de *La chatte de ma mère*
5236. Ernest Hemingway — *Une drôle de traversée*
5237. Alona Kimhi — *Journal de Berlin*
5239. Kenzaburô Ôé — *Seventeen*
5240. P. G. Wodehouse — *Une partie mixte à trois* et autres nouvelles du green
5290. Jean-Jacques Bernard — *Petit éloge du cinéma d'aujourd'hui*
5291. Jean-Michel Delacomptée — *Petit éloge des amoureux du silence*
5292. Mathieu Terence — *Petit éloge de la joie*

5293. Vincent Wackenheim	*Petit éloge de la première fois*
5295. Collectif	*Ne nous fâchons pas ! ou l'art de se disputer au théâtre*
5296. Robin Robertson	*Fiasco ! Des écrivains en scène*
5297. Miguel de Unamuno	*Des yeux pour voir* et autres contes
5298. Jules Verne	*Une fantaisie du Docteur Ox*
5299. Robert Charles Wilson	*YFL-500* suivi du *Mariage de la dryade*
5347. Honoré de Balzac	*Philosophie de la vie conjugale*
5348. Thomas De Quincey	*Le bras de la vengeance*
5349. Charles Dickens	*L'Embranchement de Mugby*
5351. Marcus Malte	*Mon frère est parti ce matin...*
5352. Vladimir Nabokov	*Natacha* et autres nouvelles
5353. Arthur Conan Doyle	*Un scandale en Bohême* suivi d'*Étoile d'argent. Deux aventures de Sherlock Holmes*
5354. Jean Rouaud	*Préhistoires*
5355. Mario Soldati	*Le père des orphelins*
5356. Oscar Wilde	*Maximes* et autres textes
5415. Franz Bartelt	*Une sainte fille* et autres nouvelles
5416. Mikhaïl Boulgakov	*Morphine*
5417. Guillermo Cabrera Infante	*Coupable d'avoir dansé le cha-cha-cha*
5418. Collectif	*Jouons avec les mots. Jeux littéraires*
5419. Guy de Maupassant	*Contes au fil de l'eau*
5420. Thomas Hardy	*Les intrus de la Maison Haute* précédé d'un autre conte du Wessex
5421. Mohamed Kacimi	*La confession d'Abraham*
5422. Orhan Pamuk	*Mon père* et autres textes
5423. Jonathan Swift	*Modeste proposition* et autres textes
5424. Sylvain Tesson	*L'éternel retour*
5462. Lewis Carroll	*Misch-masch* et autres textes de jeunesse
5463. Collectif	*Un voyage érotique. Invitations à l'amour dans la littérature du monde entier*
5465. William Faulkner	*Coucher de soleil* et autres Croquis de La Nouvelle-Orléans
5466. Jack Kerouac	*Sur les origines d'une génération* suivi de *Le dernier mot*

5467. Liu Xinwu — *La Cendrillon du canal* suivi de *Poisson à face humaine*
5468. Patrick Pécherot — *Petit éloge des coins de rue*
5469. George Sand — *Le château de Pictordu*
5471. Martin Winckler — *Petit éloge des séries télé*
5526. Jacques Ellul — *« Je suis sincère avec moi-même »* et autres lieux communs
5527. Liu An — *Du monde des hommes. De l'art de vivre parmi ses semblables*
5531. Jacques de Voragine — *La Légende dorée. Vie et mort de saintes illustres*
5532. Grimm — *Hänsel et Gretel* et autres contes
5590. Anonyme — *Le brahmane et le pot de farine. Contes édifiants du* Pañcatantra
5592. Xun zi — *Traité sur le Ciel* et autres textes
5606. Collectif — *Un oui pour la vie ? Le mariage en littérature*
5607. Éric Fottorino — *Petit éloge du Tour de France*
5608. E. T. A. Hoffmann — *Ignace Denner*
5609. Frédéric Martinez — *Petit éloge des vacances*
5610. Sylvia Plath — *Dimanche chez les Minton* et autres nouvelles
5611. Lucien — *« Sur des aventures que je n'ai pas eues ». Histoire véritable*
5631. Boccace — *Le Décaméron. Première journée*
5632. Isaac Babel — *Une soirée chez l'impératrice* et autres récits
5633. Saul Bellow — *Un futur père* et autres nouvelles
5634. Belinda Cannone — *Petit éloge du désir*
5635. Collectif — *Faites vos jeux ! Les jeux en littérature*
5636. Collectif — *Jouons encore avec les mots. Nouveaux jeux littéraires*
5637. Denis Diderot — *Sur les femmes* et autres textes
5638. Elsa Marpeau — *Petit éloge des brunes*
5639. Edgar Allan Poe — *Le sphinx* et autres contes
5640. Virginia Woolf — *Le quatuor à cordes* et autres nouvelles
5714. Guillaume Apollinaire — *« Mon cher petit Lou ». Lettres à Lou*
5715. Jorge Luis Borges — *Le Sud* et autres fictions

5717. Chamfort	*Maximes* suivi de *Pensées morales*
5718. Ariane Charton	*Petit éloge de l'héroïsme*
5719. Collectif	*Le goût du zen. Recueil de propos et d'anecdotes*
5720. Collectif	*À vos marques ! Nouvelles sportives*
5721. Olympe de Gouges	*Déclaration des droits de la femme et de la citoyenne* et autres écrits *« Femme, réveille-toi ! »*
5722. Tristan Garcia	*Le saut de Malmö* et autres nouvelles
5723. Silvina Ocampo	*La musique de la pluie* et autres nouvelles
5760. Leonardo Sciascia	*La tante d'Amérique*
5761. Prosper Mérimée	*La perle de Tolède* et autres nouvelles
5762. Amos Oz	*Chanter* et autres nouvelles
5794. James Joyce	*Un petit nuage* et autres nouvelles
5795. Blaise Cendrars	*L'Amiral*
5797. Ueda Akinari	*La maison dans les roseaux* et autres contes
5798. Alexandre Pouchkine	*Le coup de pistolet* et autres récits de feu Ivan Pétrovitch Bielkine
5818. Mohammed Aïssaoui	*Petit éloge des souvenirs*
5819. Ingrid Astier	*Petit éloge de la nuit*
5820. Denis Grozdanovitch	*Petit éloge du temps comme il va*
5821. Akira Mizubayashi	*Petit éloge de l'errance*
5835. Francis Scott Fitzgerald	*Bernice se coiffe à la garçonne* précédé du *Pirate de la côte*
5837. Montesquieu	*Plaisirs et bonheur* et autres *Pensées*
5838. Ihara Saikaku	*Histoire du tonnelier tombé amoureux* suivi d'*Histoire de Gengobei*
5839. Tang Zhen	*Des moyens de la sagesse* et autres textes
5856. Collectif	*C'est la fête ! La littérature en fêtes*
5896. Collectif	*Transports amoureux. Nouvelles ferroviaires*
5897. Alain Damasio	*So phare away* et autres nouvelles
5898. Marc Dugain	*Les vitamines du soleil*
5899. Louis Charles Fougeret de Monbron	*Margot la ravaudeuse*
5900. Henry James	*Le fantôme locataire* précédé d'*Histoire singulière de quelques vieux habits*

5901. François Poullain de La Barre *De l'égalité des deux sexes*

5902. Junichirô Tanizaki *Le pied de Fumiko* précédé de *La complainte de la sirène*

5903. Ferdinand von Schirach *Le hérisson* et autres nouvelles

5904. Oscar Wilde *Le millionnaire modèle* et autres contes

5905. Stefan Zweig *Découverte inopinée d'un vrai métier* suivi de *La vieille dette*

5973. Collectif *Pourquoi l'eau de mer est salée* et autres contes de Corée

5974. Honoré de Balzac *Voyage de Paris à Java* suivi d'*Un drame au bord de la mer*

5975. Collectif *Des mots et des lettres. Énigmes et jeux littéraires*

5976. Joseph Kessel *Le paradis du Kilimandjaro* et autres reportages

5977. Jack London *Une odyssée du Grand Nord* précédé du *Silence blanc*

5992. Pef *Petit éloge de la lecture*

5994. Thierry Bourcy *Petit éloge du petit déjeuner*

5995. Italo Calvino *L'oncle aquatique* et autres récits cosmicomics

5996. Gérard de Nerval *Le harem* suivi d'*Histoire du calife Hakem*

5997. Georges Simenon *L'Étoile du Nord* et autres enquêtes de Maigret

5998. William Styron *Marriott le marine*

5999. Anton Tchékhov *Les groseilliers* et autres nouvelles

6001. P'ou Song-ling *La femme à la veste verte. Contes extraordinaires du Pavillon du Loisir*

6002. H. G. Wells *Le cambriolage d'Hammerpond Park* et autres nouvelles extravagantes

6042. Collectif *Joyeux Noël ! Histoires à lire au pied du sapin*

6083. Anonyme *Saga de Hávardr de l'Ísafjördr. Saga islandaise*

6084. René Barjavel *Les enfants de l'ombre* et autres nouvelles

6085. Tonino Benacquista	*L'aboyeur* précédé de *L'origine des fonds*
6086. Karen Blixen	*Histoire du petit mousse* et autres contes d'hiver
6087. Truman Capote	*La guitare de diamants* et autres nouvelles
6088. Collectif	*L'art d'aimer. Les plus belles nuits d'amour de la littérature*
6089. Jean-Philippe Jaworski	*Comment Blandin fut perdu* précédé de *Montefellóne. Deux récits du Vieux Royaume*
6090. D.A.F. de Sade	*L'Heureuse Feinte* et autres contes étranges
6091. Voltaire	*Le taureau blanc* et autres contes
6111. Mary Wollstonecraft	*Défense des droits des femmes* (extraits)
6159. Collectif	*Les mots pour le lire. Jeux littéraires*
6160. Théophile Gautier	*La Mille et Deuxième Nuit* et autres contes
6161. Roald Dahl	*À moi la vengeance S.A.R.L.* suivi de *Madame Bixby et le manteau du Colonel*
6162. Scholastique Mukasonga	*La vache du roi Musinga* et autres nouvelles rwandaises
6163. Mark Twain	*À quoi rêvent les garçons. Un apprenti pilote sur le Mississippi*
6178. Oscar Wilde	*Le Pêcheur et son Âme* et autres contes
6179. Nathacha Appanah	*Petit éloge des fantômes*
6180. Arthur Conan Doyle	*La maison vide* précédé du *Dernier problème. Deux aventures de Sherlock Holmes*
6181. Sylvain Tesson	*Le téléphérique* et autres nouvelles
6182. Léon Tolstoï	*Le cheval* suivi d'*Albert*
6183. Voisenon	*Le sultan Misapouf et la princesse Grisemine*
6184. Stefan Zweig	*Était-ce lui ?* précédé d'*Un homme qu'on n'oublie pas*
6210. Collectif	*Paris sera toujours une fête. Les plus grands auteurs célèbrent notre capitale*

6211. André Malraux	*Malraux face aux jeunes. Mai 68, avant, après. Entretiens inédits*
6241. Anton Tchékhov	*Les méfaits du tabac* et autres pièces en un acte
6242. Marcel Proust	*Journées de lecture*
6243. Franz Kafka	*Le Verdict – À la colonie pénitentiaire*
6245. Joseph Conrad	*L'associé*
6246. Jules Barbey d'Aurevilly	*La Vengeance d'une femme* précédé du *Dessous de cartes d'une partie de whist*
6285. Jules Michelet	*Jeanne d'Arc*
6286. Collectif	*Les écrivains engagent le débat. De Mirabeau à Malraux, 12 discours d'hommes de lettres à l'Assemblée nationale*
6319. Emmanuel Bove	*Bécon-les-Bruyères* suivi du *Retour de l'enfant*
6320. Dashiell Hammett	*Tulip*
6321. Stendhal	*L'abbesse de Castro*
6322. Marie-Catherine Hecquet	*Histoire d'une jeune fille sauvage trouvée dans les bois à l'âge de dix ans*
6323. Gustave Flaubert	*Le Dictionnaire des idées reçues*
6324. F. Scott Fitzgerald	*Le réconciliateur* suivi de *Gretchen au bois dormant*
6358. Sébastien Raizer	*Petit éloge du zen*
6359. Pef	*Petit éloge de lecteurs*
6360. Marcel Aymé	*Traversée de Paris*
6361. Virginia Woolf	*En compagnie de Mrs Dalloway*
6362. Fédor Dostoïevski	*Un petit héros*
6395. Truman Capote	*New York, Haïti, Tanger* et autres lieux
6396. Jim Harrison	*La fille du fermier*
6412. Léon-Paul Fargue	*Mon quartier* et autres lieux parisiens
6413. Washington Irving	*La Légende de Sleepy Hollow*
6414. Henry James	*Le Motif dans le tapis*
6415. Marivaux	*Arlequin poli par l'amour* et autres pièces en un acte
6417. Vivant Denon	*Point de lendemain*
6418. Stefan Zweig	*Brûlant secret*

6459. Simone de Beauvoir	*L'âge de discrétion*
6460. Charles Dickens	*À lire au crépuscule* et autres histoires de fantômes
6493. Jean-Jacques Rousseau	*Lettres sur la botanique*
6494. Giovanni Verga	*La Louve* et autres récits de Sicile
6495. Raymond Chandler	*Déniche la fille*
6496. Jack London	*Une femme de cran* et autres nouvelles
6528. Michel Déon	*Un citron de Limone* suivi d'*Oublie...*
6530. François Garde	*Petit éloge de l'outre-mer*
6531. Didier Pourquery	*Petit éloge du jazz*
6532. Patti Smith	*« Rien que des gamins »*
6546. Barack Obama	*Discours choisis*
6563. Jean Giono	*Refus d'obéissance*
6564. Ivan Tourguéniev	*Les Eaux tranquilles*
6566. Collectif	*Déclaration universelle des droits de l'homme*
6567. Collectif	*Bonne année ! 10 réveillons littéraires*
6579. Honoré de Balzac	*La Vendetta*
6580. Antoine Bello	*Manikin 100*
6581. Ian McEwan	*Mon roman pourpre aux pages parfumées* et autres nouvelles
6582. Irène Némirovsky	*Film parlé*
6618. Chimamanda Ngozi Adichie	*Le tremblement* précédé de *Lundi de la semaine dernière*
6619. Elsa Triolet	*Le destin personnel* suivi de *La belle épicière*
6650. Collectif	*Tous végétariens ! D'Ovide à Ginsberg, petit précis de littérature végétarienne*
6651. Hans Fallada	*Voyous, truands et autres voleurs*
6652. Marina Tsvétaïéva	*La tempête de neige – Une aventure. 2 pièces romantiques*
6653. Émile Zola	*Le Paradis des chats* et autres textes
6693. Corinne Atlan	*Petit éloge des brumes*
6694. Ludmila Oulitskaïa	*La soupe d'orge perlé* et autres nouvelles
6695. Stefan Zweig	*Les Deux Sœurs* précédé d'*Une histoire au crépuscule*
6727. Marcel Proust	*Vacances de Pâques* et autres chroniques

6728. Jane Austen	*Amour et amitié*
6742. Marguerite Yourcenar	*Les Songes et les Sorts*
6743. Les sœurs Brontë	*Autolouange* et autres poèmes
6744. F. Scott Fitzgerald	*Le diamant gros comme le Ritz*
6745. Nicolas Gogol	*2 nouvelles de Pétersbourg*
6746. Eugène Dabit	*Fauteuils réservés* et autres contes
6778. Annie Ernaux	*Hôtel Casanova* et autres textes brefs
6779. Victor Hugo	*Les Fleurs*
6798. Chimamanda Ngozi Adichie	*Nous sommes tous des féministes* suivi du *Danger de l'histoire unique*
6812. Ray Bradbury	*La fusée* et autres nouvelles
6813. Albert Cossery	*Les affamés ne rêvent que de pain* précédé de *Danger de la fantaisie*
6814. Georges Rodenbach	*Bruges-la-Morte*
6863. Zéno Bianu	*Petit éloge du bleu*
6876. Kazuo Ishiguro	*2 nouvelles musicales*
6888. Ovide	*Pénélope à Ulysse* et autres lettres d'amour de grandes héroïnes antiques
6889. Louis Pergaud	*La tragique aventure de Goupil* et autres contes animaliers
6890. Rainer Maria Rilke	*Notes sur la mélodie des choses* et autres textes
6917. Charles Baudelaire	*De l'essence du rire* et autres textes
6918. Marguerite Duras	*Madame Dodin*
6919. Madame de Genlis	*Mademoiselle de Clermont*
6945. Cesare Pavese	*La plage*
6946. Rabindranath Tagore	*À quatre voix*
6983. Jean-Pierre Siméon	*Petit éloge de la poésie*
6985. Belinda Cannone	*Petit éloge de l'embrassement*
7011. Collectif	*Écrire Marseille. 15 grands auteurs célèbrent la cité phocéenne*
7012. Fédor Dostoïevski	*Les Nuits blanches*
7026. George Orwell	*Pourquoi j'écris* et autres textes politiques
7027. Ivan Tourguéniev	*Le Journal d'un homme de trop*

*Tous les papiers utilisés pour les ouvrages
des collections Folio sont certifiés
et proviennent de forêts gérées durablement.*

*Composition Nord Compo
Impression Novoprint
à Barcelone, le 3 juin 2022
Dépôt légal : juin 2022
1er dépôt légal dans la collection : mai 2013*

ISBN 978-2-07-045221-7 / Imprimé en Espagne

545935